希特勒四大爪牙之一

海因里希

李乡状◎编著

团结出版社

图书在版编目（CIP）数据

希特勒四大爪牙之一——海因里希 / 李乡状编著. -- 北京：团结出版社, 2015.1（2022.11重印）

ISBN 978-7-5126-3345-2

Ⅰ. ①希… Ⅱ. ①李… Ⅲ. ①传记小说—中国—当代 Ⅳ. ①I247.5

中国版本图书馆CIP数据核字(2014)第298003号

出　版：团结出版社

　　　　（北京市东城区东皇城根南街84号　邮编：100006）

电　话：（010）65228880　　65244790（出版社）

　　　　（010）65238766　　85113874　　65133603（发行部）

　　　　（010）65133603（邮购）

网　址：http://www.tjpress.com

E-mail：zb65244790@163.com（出版社）

　　　　fx65133603@163.com（发行部邮购）

经　销：全国新华书店

印　刷：三河市华晨印务有限公司

开　本：710毫米×1000毫米　　16开

印　张：15

字　数：170千字

版　次：2015年1月　第1版

印　次：2022年11月　第4次印刷

书　号：978-7-5126-3345-2

定　价：68.00元

前　言

第二次世界大战已经结束 70 年了，而那已经逝去的历史却被人们铭记。在那个历史时期里，呈现的鲜活的面容仍旧浮现在人们眼前。无论是值得树碑立传的伟人，还是默默无闻的小人物，都是那一段惨烈的不堪回首的历史的缔造者。

回溯整个第二次世界大战的历史，以史为鉴，对于我们今天的生活是十分必要的。只有这样才能够更好地把握现在，面对未来。

希特勒被后人称为战争狂人。在第二次世界大战中，以他为"元首"的第三帝国四处侵略，给世界各国人民带来沉重的灾难。致使生灵涂炭，千百万人无辜惨死。尽管在"二战"中纳粹分子曾把希特勒神化，可是生活中的希特勒并不是神，他野心勃勃企图用法西斯主义达到统占世界的美梦，非仅凭他一己之力便能实现。戈林、希姆莱、龙德施泰特和邓尼茨，都是"二战"中的特殊人物，是希特勒手下的四大爪牙，是希特勒反人类战争的帮凶，希特勒和他们一起制造了这段惨绝人寰的杀戮。他们是希特勒反人类思想的执行者，是实现希特勒命令的急先锋。但正义的力量是永远不可战胜的，最终，希特勒的四大爪牙也同希特勒一道永久被人们钉在历史的耻辱柱上。

历史就是历史，不会以个人的好恶为转移。戈林——第三帝国的元帅兼空军司令，是希特勒一心想扶植起来的第三帝国接班人，仅凭长袖善舞和唯首是瞻，他很快就赢得了希特勒的重用。对于这一切，直到希特勒即将离开这个世界的那一天才如梦方醒，真正地认识了戈林的昏庸无能以及不忠，但一切都木已成舟。尽管希特勒在政治遗嘱中对他措辞严厉地指责，但也只能是一种无谓的泄愤，历史不能改写。

无论戈林在第一次世界大战中的光环有多么耀眼，即使是德国人赞不绝口的英雄，也无法抹杀他在第二次世界大战中的滔天罪恶，以及他令人啼笑皆非的军事指挥才能。翻看有关戈林的所有历史材料，比照、分析、总结，就不难发现，原来戈林竟然是一个"二战"史上值得从各个不同角度深思的人物。

在整个第二次世界大战中，希特勒把"党卫军"作为自己的"心腹"。小个子海因里希·希姆莱作为党卫军的首领，成为希特勒手中一张津津乐道的王牌。希姆莱控制纳粹帝国庞大组织——党卫军，消除异己，残害无辜人民。德国《明镜》周刊称他是"有史以来最大的刽子手"。后来第三帝国面临土崩瓦解之时，被希特勒视为王牌的希姆莱却另树旗帜，派人暗杀希特勒。希特勒与希姆莱这种亲如家人又干戈相向的关系是整个第二次世界大战中最富有戏剧色彩的故事。

有一些热血男儿，注定在硝烟弥漫的战场上谱写他的人生旅程。在第二次世界大战中，称作"纳粹军魂"的陆军元帅龙德施泰特就是这样的人。战场是他展现聪明才智的地方，他一次又一次卓越的指挥证明了这一切。抛却对战争性质的价值评判，就其战争胜负而论，龙德施泰特屡立战功，在攻打法国的战役中，他所指挥的部队所向披靡，绕过了马奇诺防线，使得固若金汤的法国防线在德国坦克的攻击下土崩瓦解。法国的军队全线溃退，一个多月便投降。如果不是希特勒怕龙德施泰特孤军冒进，错误地阻止了他的进攻，敦刻尔克大撤退的历史将会改写。可是历史就是历史，龙德施泰特虽然忠心效命于希特勒，可是他的主子却总给他错误的指令，使他的军事天才被掩盖下来。当我们重新整理第二次世界大战的史料，重新评估龙德施泰特的功过是非，不难得出这样的结论——龙德施泰特不仅是希特勒法西斯战争军事上的左膀右臂，而且也是希特勒最不信任的元帅。虽然龙德施泰特尽职尽责，可希特勒却先后四次将其免职。龙德施泰特一生中的错误选择也为后来人提供了借鉴。

在希特勒的爪牙中，海军元帅邓尼茨无疑是希特勒的又一张王牌。邓尼茨对指挥海战时的运筹帷幄，足以让他不愧于"海军统帅"的称号。高远的眼光、过人的智慧与先进的科技相结合，使德国海军在许多海战中获得了胜利。邓尼茨创造的辉煌"战果"，让希特勒欣喜若狂。邓尼茨也自然成为希特勒手下众多著名将领中最让其满意的军事将领。邓尼茨的帅才和忠心成为希特勒在自杀之前，将政治遗嘱中的接班人的名字写为邓尼茨的理由。正因如此，才有邓尼茨以德国最高领导人的身份，在第二次世界大战中与盟军签订了停战协议的一幕。"二战"结束以后，邓尼茨被判处有期徒刑十年。刑满释放后，他依然抱着纳粹军国主义的复国梦想，从事法西斯复辟活动。但历史发展的进程告诉人们，纳粹军国主义的路线是不可能实现的。

第二次世界大战从酝酿到爆发再到结束，正义的与非正义的力量以军事战争的形式、政治斡旋的形式，明面上和暗地里不断地较量着。为了在这些较量中占据主动,获得更多取胜的筹码,间谍这个特殊的战斗身份大量地出现在看不到硝烟的战场上。这些冠名以间谍的人,无畏生死,用鲜血和生命换取对自己国家有利的军事情报。当这些间谍的身份公之于众,当他们的功绩被世人所知之后,历史上那些悬而未决的疑案,便被揭晓。

在书写这些人物及历史事件时,我带领我的学生们查阅了大量的历史档案。江洋、王爱娣、何志民、张杨、祖桂芬、朱明瑶等人也作了部分内容的编写与修改。特别是收集了大量的外文版原始资料,总结了众多的专家、学者对那一历史时期的不同见解,来介绍笔下的人物。所以,我们提笔书写的这些生活在敌人中间的间谍与反间谍时,才能如此有血有肉;内容才能如此详实而丰富。当然,之所以间谍故事、战争人物故事,如此被世人津津乐道,并非我们笔力过人,而是故事本身的错综复杂、引人入胜。是人物本身的人性光辉、人格魅力感染了大家。

说尽滔天浪,难抵笔纵横。我从事编写"二战"史图书多年,这个创作领域是我写作生活中最为着力的地方。时至今日,已经有近30本图书先后出版,这些图书中的文字历经了二十多年风霜雪雨的打磨,倾注了我的心血和努力。在这里,我非常感谢为这些图书出版所做出过不懈努力的老师和学生们,以及有关人士。最后,由于个人的学识水平有限,难免有疏漏,敬请批评指正。

李书状

2014年12月

目　录

第一章

志大命舛的富家子弟

出身富家

  在整个第二次世界大战的历史上，希特勒手下的四大爪牙之一——海因里希·鲁伊特伯德·希姆莱可谓臭名昭著。他的一生干了多少坏事恐怕连他自己也数不清。他为纳粹德国宣传狂热的日耳曼民族主义不遗余力，他建立的党卫军是希特勒统治时期最得力的工具之一，而希特勒的许多特殊命令正是通过党卫军得以实施的。

  海因里希·希姆莱作为希特勒的心腹人物，自后者成为纳粹党魁以来就追随在其左右。是他一手促成和建立了奥斯维辛与达豪等集中营，并以极其残忍的手段屠杀犹太人与进步人士。同时也不乏利用手中的权力，大肆敛财和排除异己。海因里希·希姆莱一直扮演着希特勒爪牙中的中坚人物。但是历史总是会以另一种方式演绎人生，就在"二战"后期戈林与希特勒斗争白热化的当口，海因里希·希姆莱走上了与戈林同样的反叛希特勒的道路。随着反法西斯战争胜利的到来，他在逃亡途中被英军俘获。为了避免审判，海因里希·希姆莱服毒自杀，终究得了一个恶有恶报的结果。

  在"二战"中，纳粹德国之所以被世人唾弃，除了它对其他国家发动了侵略战争之外，还包括其不遗余力地推行残酷而恐怖的带有种族与政治背景的灭绝政策。无论是东线战场占领的波兰、罗马尼亚等国还是在西线攻占的卢森堡、荷兰、法国等地区，无不上演了近现代历史上最为黑暗血腥的

希特勒四大爪牙·海因里希

种族和敌对势力残杀活动。占领区内的进步人士、自由人士、共产党员，以及作为欧洲最有代表性的少数族裔的犹太民族成员，遭受到了最惨忍的掠夺和杀戮。

当时，欧洲的许多金融、实业都是由犹太人经营的。在经济危机与"一战"后寡头垄断主义大行其道的双重作用下，民间贫富差距逐渐加大，而"一战"的发生又使得民族主义有所抬头。在这样的背景下，带有诬蔑性的外来民族阴谋言论开始在各国的舆论领域粉墨登场，由于这些言论的引导，使得一批人将社会发展中呈现的种种畸形的根源定位在了异族公民和异国侨民的身上，持有此想法的人大都是来自于社会底层的知识分子和青年人。这些舆论引导了话题走向，反过来话题又渲染了舆论，这在近现代的各个国家，尤其是西方国家是屡见不鲜的社会现象。

在当时，不仅是一些普通百姓，甚至连部分道貌岸然的学者也公开讨论和出版书籍附议这些牵强而恶劣的言论，利用抨击属于弱势群体的外裔民族来发泄他们对社会的不满。纳粹的反犹太思想和雅利安种族至上论也正是受到这种舆论思想环境的影响而产生的。

说起纳粹反犹太主义的急先锋，除了作为纳粹德国元首的希特勒本人之外，在其部众当中态度最为积极的当属纳粹党卫军的首脑人物——海因里希·希姆莱。

"二战"期间，虽然在纳粹德国正规军部队当中有许多将星的知名度远远超过了这个人，但是论及手段醒龊残忍和屠杀平民的数量，在近代欧洲战场上却几乎没有人可以与之相提并论。

海因里希·希姆莱以及其麾下所掌握的秘密警察部队（盖世太保）、党卫军、伪装特务，在德军正规军攻克占领的沦陷国家肆意捕杀被他们纳入敌对目录的人士。1941 年后于东欧地区建立起的多座批量屠杀无辜人员的集中营与灭绝营达成的骇人"绩效"。据统计,在整个"二战"过程中,由海因里希·希姆莱及其下属系统的人员导致的平民、战俘、社会各界人士以及犹太和斯拉夫平民死亡数量达到了近七百万的可怕数字。因而被后人称为"历史上最大的刽子手"。

历史和时代造就了隆美尔、巴顿这样的骁将,也成就了如罗斯福、斯大林等刚毅睿智的国家领导者。但与此同时,它们也阴差阳错地一手缔造了如同海因里希·希姆莱这样阴暗残暴的权力怪胎。在那场战争中,法西斯的血腥、肮脏与邪恶是人们永远无法忘记的。

1900 年,德意志地区的巴伐利亚还在维特尔斯巴赫王朝的统治之下。这一时期,德国和整个欧洲都处在隐隐的躁动当中,为人们留下深刻记忆和伤痛的世界大战也正在酝酿着。巴伐利亚作为德意志第二帝国的重要组成部分,有着受该地区历史原因而形成的相对独特的文化系统与社会结构。但是相通的语言让这片古老的土地,也大量融入了自 19 世纪 70 年代随着普鲁士经济、政治快速发展,而形成的种种社会思想上的新兴元素。因而形成了一片古典与现代文明成分几乎呈等比状态存在的独特社会状态。

作为巴伐利亚首府,兼为文化名城的慕尼黑依山傍水,是巴伐利亚邦一处风光秀美的好地方。1900 年 10 月 7 日,在慕尼黑希尔德加街 2 号的一栋小楼里,一位名叫约瑟夫·戈培哈特·希姆莱的中学教师在紧张和快乐中迎来了自己的第二个儿子的出生。这是个看起来还算是健康的婴儿,但是他作为新生儿,其体格却显得过于羸弱,只有不到三公斤重,啼哭的声音听起来也有些微弱。

孩子的身体情况,让约瑟夫和他的妻子玛丽安感到十分不安。因为在当时,医疗水平和护理水平都比较低下,婴儿体格如果不够强壮,很可能会在成长过程中因为疾病和意外磕破导致的伤患而夭折。夫妻二人为这个孩

希特勒四大爪牙·海因里希

子的前途担心。按照当地的习俗做法,在儿童出生后身体不好的情况下,如果能找到一位德高望重的长者为这个孩子担任教父,他就能得到两个家庭的共同庇护和祝福,在成长过程中获得平安与健康。

出于对儿子的关爱,约瑟夫找到了当时担任王室枢密院顾问的维特尔斯巴赫·希姆莱亲王。这位亲王曾经在少年时代,受到过当时在王宫中作为家庭教师的约瑟夫的教导,和希姆莱一家关系一直都非常好。而当约瑟夫登门拜访之后,这位亲王也十分乐意地接受了昔日老师的邀请,以教父的身份,将自己的名字加上了"鲁伊特伯德"的中间名后,赐予了这个新生儿。由此,希姆莱家的次子就拥有了海因里希·鲁伊特伯德·希姆莱的名字(以下均简称为海因里希·希姆莱)。

尽管得到了贵人的祝福,但海因里希·希姆莱的儿童时代仍然不太美妙,熬过了牙牙学语的婴儿时期以后,他的体质还是十分虚弱。很少能和生活在家附近的其他强壮的孩子一样,在外面自由地玩耍打闹,更多的时候,他都只能待在家中接受照顾。再加上分别为中上阶层和知识分子出身的约瑟夫夫妇在道德方面的家教颇为严格,海因里希·希姆莱的童年几乎没有留下什么夸张任性的回忆,有着王室庇护光环的名字并没能让他获得快乐,反而出于荣誉感和身份的缘故,他所受到的管教更严于一般人家。这让海因里希·希姆莱养成了低调寡言,办事谨慎的习惯,即便在上学之后,他也仍然没有改变这种性格特点。

由于父亲的职业缘故,海因里希·希姆莱从小就受到了良好的学前启蒙教育,有较强的学习天赋和计划组织能力,加上聪明而又懂得守规矩,因此颇受老师和长辈的欣赏。但是这些优点并没能让他在同学心中留下深刻的印象,因为他的身体实在是太糟糕了。根据海因里希·希姆莱的父亲约瑟夫回忆,在当时学校老师看来,自己的二儿子在小学阶段学习比较出色,但是他经常生病，又十分瘦弱，几乎每次一到冬季都会因为各种原因病倒。尤其是他咳嗽得十分厉害的时候，其中，好几次竟让人觉得他好像在当晚就要永远离开我们一样。

贫弱的身体让小学时代的海因里希·希姆莱吃尽了苦头，不仅身心饱受病痛带来的折磨，连学业也受到了影响。在毕业以前，他的课堂缺席次数居然累计达到了160多次，由于长期旷课，因此学校对他的评价也不是很好。所幸，他的家庭条件还算殷实，为了让他能顺利从小学毕业，约瑟夫夫妇专门为他请了家庭教师，按照课堂的进度为之补课，加上他出色的领悟能力，在毕业的时候竟然考出了第二名的成绩，这也让约瑟夫夫妇终于松了口气。

顺利从小学毕业的海因里希·希姆莱有两个选择，一是进入教会学校，二是进入普通中学。在父亲的建议下，本身也希望了解更多知识和见识更广阔空间的海因里希·希姆莱主动选择了后者。11岁那年，他进入了慕尼黑威廉文理中学。这是一所在当地颇有名望的中学，所教授的课程覆盖面颇为广泛。在这里，海因里希·希姆莱终于渡过了学生时代真正意义上完整的两年学校生活，也为他带来了与小学时代完全不同的生活和社交体验。

在这所学校里，海因里希·希姆莱出色的成绩和稳妥文雅的气质使他成为了班级上比较受到欢迎的人。但是受身体影响，他低调阴柔的性格特点并没有因此而发生太多改变。不过，和所有这个年纪的男孩一样，海因里希·希姆莱的心中也有着整装提枪征战沙场，让自己攻城略地青史留名的梦想。对他来说，雄伟刚毅的普鲁士军乐，比学校的钟声听起来要更加令人愉悦振奋。当时的他不会想到，在几十年以后，自己竟然会成为整个德国两支最强大武装力量之一的总负责人。只可惜，最后留给世人的并不是他的英名，而是被世人唾骂的骂名。

希特勒四大爪牙·海因里希

在 1913 年，海因里希·希姆莱的父亲约瑟夫不再担任中学教师。由于他多年来良好的教学素养和名声，以及他与王室密切的关系，位于慕尼黑东北部的兰茨胡特中学在这个时候发来了邀请函，聘请他作为新任的校长。为此，全家人跟随父亲搬到了兰茨胡特。

为了照顾体弱多病的儿子，同时也是为了避免他需要长期寄宿异地学校而使家人与孩子长期分离，约瑟夫决定让海因里希·希姆莱转学到自己这里来。这所新学校有更好的环境，教育风格也更加保守，但是学生们的学习成绩普遍不如当初海因里希·希姆莱当初所在的威廉中学。加上父亲眼下作为校长的身份，他也因此一度成为了学生中成绩表现鹤立鸡群的人物。然而，这趟旅途的劳顿却让海因里希·希姆莱在当年的冬天再次迎来了久违的病痛。从这一年开始，他几乎就没能非常顺利地完成任何体育活动的训练，为了弥补这一点，海因里希·希姆莱加倍努力学习，希望能够在文化学识方面多加弥补。结果，他成了年级中有名的文化科目优良、体育项目却只能勉强及格的"病夫学究"。

优秀学生的多病童年

糟糕的体质和沉闷的性格,让约瑟夫对三个儿子当中最为文弱低调的海因里希·希姆莱一向特别疼爱。这其中不仅是多年来为了照顾身体病弱的他而形成的习惯,也是因为这个在人前表现得安静乖顺却十分懂得自强上进的孩子,是所有子嗣中令他感到最为骄傲的一个。然而,由于在巴伐利亚地区有着得到王室庇护的年轻人必须入伍参军服役的传统,这使得约瑟夫对于体质不佳却日渐成长到接近入伍年龄的海因里希·希姆莱颇有些放心不下。

1914 年,十四岁的海因里希·希姆莱在个头上已经和他的大哥戈培哈特·卢德温·希姆莱相差不多了,但是身体却瘦弱得像根豆芽菜,那头黑色的短发尤其加重了他给人的这种印象。两腮虚软地向外隆出,带一点脂肪的线条,更加凸显出了脖颈的瘦长。加上经常面无表情,使得这个人看起来笨拙而呆板,让人很难相信他能照顾好自己的生活。

不过,尽管如此,在父亲的眼中,海因里希·希姆莱仍是一个优秀的孩子,事实上,海因里希·希姆莱在学习的科目中,最为突出的还不是当时作为主科的数学、文学等基础内容,而是历史、古典艺术和宗教学。这些方面的积累加深了海因里希·希姆莱的儒雅气质,无疑十分符合他父亲对他的期待。但同时,这些学科的优秀成绩对他体质的改善却连一点帮助作用都

希特勒四大爪牙·海因里希

起不了。

要知道,在二十世纪初,国力大大增强的德意志帝国,正在对英国和法国广阔的海外殖民地资源虎视眈眈。它积极拉拢盟友扩军备战,打算在二十世纪既定的利益金字塔中,凭借雷霆手段杀出一条通向至高点的血路。普法战争结束短短三十多年的后,战争的阴云再次笼罩整个欧洲上空。然而,身体状况一直不容乐观的海因里希·希姆莱,父母无论如何也不能放心让他上前线。

此时的海因里希·希姆莱并不知道父亲心中的忧虑,从校园里同学和老师对时事的热烈讨论中,从家中订阅的各种报刊上,他了解到了德国和其他国家之间可能爆发战事的事情。与父亲的态度相反的是,身体瘦弱,经常受到疾病折磨的海因里希·希姆莱却对战争表现出了极大的兴趣。只要一想到自己一直以来所期待的军旅生活,随时可能随着征兵令的下发而来到身边,他就会兴奋不已。尽管这种心情他还不太敢在父亲的跟前表现出来,但私下里,他还是做了不少力所能及的"准备工作"。

为了日后能适应艰苦的军营生活,在学校里,海因里希·希姆莱开始有意识地加大运动量,让身体承受更多的磨练。后来证明,这种临阵磨枪的做法还是有一定效果的。1914 年 7 月,第一次世界大战正式爆发,德国在国内全境征召年轻人充入预备役部队,并针对未成年人成立了名为"Jugendwehr"的青少年军。1915 年,海因里希·希姆莱和哥哥戈培哈特双双报名加入其中接受训练。

得益于一年来坚持不懈的身体锻炼,再加上青少年军主要以训练队列、军营纪律等基本项目为主,所以,海因里希·希姆莱应付得游刃有余,他满以为如此发展下去自己就可以顺利地进入正规军了,但事情远没有他想象得那么简单。

1915年,大哥戈培哈特年满17周岁,率先被预备军选中,成为了一名正式的德军士兵。由于前方战事吃紧,加上戈培哈特的进步很快,1918年4月,他被编入一支部队开往西线前线作战。眼见大哥如愿而去,艳羡不已的海因里希·希姆莱急迫地等待着下一轮选调士兵的开始。经过了几个月的等待,挑选士兵的人终于来了。然而,现实却跟他开了个小玩笑:甄选士兵的官员在核对了他身份资料之后把他从名单上刷了下来,理由是他的年纪距离正式服役年龄差了一岁,还不够上前线的资格。

受到打击的海因里希·希姆莱失落至极,甚至日夜处于痛苦之中。万般无奈之下,海因里希·希姆莱去了父亲那儿,希望他能为自己想想办法提前进入部队,但是毫不意外地,约瑟夫对此反应并不热烈。原本,按照约瑟夫的设想,海因里希·希姆莱作为三兄弟中在文史学术方面最有建树的一个,应当完成在中学的全部学业之后再去参军,这样无疑更加有利于他在未来向学者或者政府和宫廷文官的方向发展。他本来希望说服儿子放弃提前参军的想法,但是,一直对父母的命令言听计从的海因里希·希姆莱,却鼓起勇气反抗了父亲。在他的不断央求之下,疼爱儿子的约瑟夫终于答应去试一下。

当时,德国虽然已经统一,但是包括巴伐利亚地区王室在内的旧贵族们,在各个社会层面仍然有着不小的影响力。于是,约瑟夫求助于旧识希姆莱亲王,而他也正好是儿子的教父。这对于亲王来说不过小事一桩,很快,约瑟夫终于为翘首企盼的海因里希·希姆莱带回了他一直想要听到的消息。他高兴极了,并告诉父亲自己想成为一名海军的想法,不过,这一愿望终因他不佳的视力而没有被实现。在这种情况下,他只好退而求其次,选择了陆军。

德国陆军的主体源自原普鲁士军队;它不像法国军队那样,经过数次

希特勒四大爪牙·海因里希

革命的洗礼后而改头换面。它是在俾斯麦和威廉一世统一整个德意志地区之后,重新在这个主干的基础上再吸收地方军事力量进而扩编形成。其操典和军队文化特色可谓一脉相承,这支军队极其重视荣誉,强调严格精密的纪律和顽强英勇的作战作风。和许多国家一样,对于军队,德国人有一种社会性的尊崇和敬意,它代表着保护这个国家的意志和力量,并能够为执政者和人民的利益牺牲奉献一切。这也正是吸引如海因里希·希姆莱一样血气方刚的青少年踊跃加入其中的原因。

但是,在这个时候,德国在战场上已经没有多少可以发挥的余地了,凡尔登和索姆河两处被称为绞肉机的战场,早已被德法英三国士兵的鲜血所染红,数百万人阵亡在此。元气大伤的德国失去了战场上的最后一点主动权,只能尽力维持当前的战线,避免遭到缓过一口气来的英法联军突破反攻,如果不出意外的话,这也将会是希姆莱兄弟即将面对的情景。

未能参战的新兵

　　由于同时对抗多国,自身面临着先天性的兵员不足,德国在有生力量损失上所承受的困扰要远比对面的英法严重得多。更令德国高层感到棘手的是,大量经过多年训练和作战经验较为丰富的老兵死在战场上,补充上来的新兵尽管在数量上勉强足够使用,但是无论是对武器的操作水平还是身体素质、战斗意志距离前者都有着短期内无可弥补的差距。由此而导致的唯一结果,就是比之前更加快速的伤亡减员,并带来新一波的加速招募新兵,降低标准。如此恶性循环之下,后方的青壮劳动力迟早都将消耗殆尽。

　　德国并不是没有察觉到这一点,但是这场战争进行到1918年,战与和的主动权已经不在德国的手中了。

　　德国皇帝威廉二世的野心和军事统帅小毛奇的自负,促成了这场战争的启动,但却没有能力让它结束。海因里希·希姆莱和其他同时期的新兵就是在这种时代背景下被召入了军中,选入了巴伐利亚第十一步兵团。因为当地的黑森林而又得名"森林团",之后,这批新兵相继被送往里根斯堡和拜罗伊特,进行步兵和机枪班作战训练。直到10月即将结束临近11月的时候,他才获得了自己正式的战地番号归属:第11步兵团补充营4连。不过,这已经足够让一直以来渴望参战的海因里希·希姆莱感到十分兴奋了。

希特勒四大爪牙·海因里希

在营地等待开往前线的日子里,他几乎只要是醒着,就在不断想象模拟战场上可能遇到的情况,紧张和兴奋不断交替出现在他的心中,催动着这个年轻人的热血。

然而,他的首次军旅生涯,也就只能到这里而已了。两件突然发生的事情,把海因里希·希姆莱想在战场建功的希望扼杀在了摇篮之中。而且这一次,希姆莱亲王再也不能为这个"教子"提供什么帮助了,因为其中一件事就是恰好就在这一年,希姆莱亲王在前线指挥作战的过程中不幸中弹身亡。在早已写好的遗嘱里,亲王为希姆莱留下了一千块帝国马克,作为父子一场离别的馈赠。而让海因里希·希姆莱沙场作战的梦想和为教父复仇的机会彻底化为泡影的,却是另外一件对于广大德国人影响力更加显著的事情,那就是发生在德国的 11 月革命。

由于长期在战争中煎熬,德国民间的正常社会生产生活状态已经受到了严重的破坏,穷兵黩武的威廉二世仍然想将战争进行下去,这引起了一直以来反对其统治和军事政策的人们极大不满,加上皇帝的专断独行严重损害了资产阶级集团的利益,使垄断资本和贵族难以再对其没有收效的战争行为继续支持下去。随着战事逐渐陷入不利,这种情绪也渐渐在民间扩展了开来,甚至蔓延到了军队内部。在 11 月 3 日,德国基尔港的水兵拒绝执行德国统帅部下发的命令,宣布就此起义。与本土的治安维持部队发生冲突,成为了革命启动的引爆点。他们的起义赢得了国内众多势力的响应。当革命进行至 11 月 9 日,德国共产党在柏林也发起了群众革命,与自由主义者和民间资本主义者一同进攻政府。

威廉二世眼见情况控制不住,为了自保而仓皇退位。带着家族其他成员逃离了柏林,至此,德意志第二帝国被推翻了。当时的帝国首相巴登为了分化起义力量,选择将政权交给了右翼性质的社会民主党领袖艾伯特,由他宣布建立共和制度的德意志民主共和国。

　　需要注意的是，这个"共和"的内涵其实定义得十分模糊，虽然提出了言论集会自由和规定工作时间等方案，但却在控制资产阶级干政方面表现得十分暧昧，不仅削弱了共产主义者在新政府当中所占有的地位和话语权，还延续了旧时期国家机器和资产阶级私有制的存在。其阶级属性与立场获得了大资产阶级的认可与支持，却激怒了下层众多渴望摆脱被剥削生活的工农百姓，为之后的德国国内社会派系冲突内乱埋下了伏笔。

　　不过，这些都是后话了。在当时，人们脱离了德国皇室的统治，一切重新开始，新气象新制度暂时平息了所有的怨气。由于新政府在魏玛宣布建立，因此在历史上也将这短时期的德国称为魏玛德国或魏玛共和国。

　　推翻了威廉二世的统治，为了避免德国继续在战争重压下受到摧残，新组建的政府向英法等国递交了谈判申请。11月11日，协约国宣布停火。经过在巴黎和会上的多方协商，德国同意投降，并赔偿英法等国因德国进攻而造成的损失。

　　协议规定，德国在海外众多的现有殖民地，被作为赔偿的一部分交给协约国集团处置瓜分。战后，法国军队很快就在总理克里孟梭的命令下收回普法战争时期，被德国夺去的阿尔萨斯与洛林两地，并占领了德国工业的关键地区鲁尔。

　　除此之外，克里孟梭还提出，德国不仅要对法国受害的军民和建筑进行赔偿，还要主动削减军力，使之不能再对欧洲任何国家构成威胁，尤其是近在咫尺的法国，并要求公开处死一手发动战争、现已逃往荷兰的威廉二世皇帝。但是，之前在对德战场上与法国并肩作战的英国却表现出了一种和法国人截然不同的暧昧态度，对于法国提出的惩罚措施表示了很大程度的保留。虽然在英国国内也广泛存在着严惩德国的声音，但当时的英

希特勒四大爪牙·海因里希

国首相乔治出于均势策略的考虑，不想让德国完全失去牵制法国的能力。在英国的眼中，一个过分强大的法国和一个过分强大的德国一样是英国的潜在威胁。

同时，由作为直接参战方的英国来向德国展示宽大，也是为了避免让此时处于崛起过程中、并同为参战国的美国抢先得到向德国示好的机会。因此，经过考量之后，英国在自己一方的要求中只提及了比较有限的惩罚措施。

即便如此，各个国家所提出的要求也不是当时保守战争拖累、经济和社会危机累累的德国所能承受的。当巴黎和会结束，《凡尔赛和约》签署后，失去了众多的殖民地和本国工业区，让德国原本就在战争消耗中变得颇为贫弱的生产能力和经济水平雪上加霜，再背上巨大的赔款债务，使德国的新任政府推行改革和新政策也同样举步维艰。

《凡尔赛和约》固然是对德国的惩罚，但同样也是当时帝国主义国家之间相互博弈的一种产物，它相当于废除了德国在未来十几年内和英法再次争雄的能力。使之一直处于一种贫血虚弱的状态，难以完成重新崛起所需要的积累。这是国家层面的影响，具体到内部的各个领域，经济、政治、文化等方面形成的压力各不相同，但是在军事上，德国却绝对是遭受了最为严重的打击。

根据《凡尔赛和约》的协商结果，德国的常备军力被限制在了 10 万人的国防军，这种规模的武装力量连战前德国军力的百分之一都不如，仅仅具有表面上的自保能力而已。这也是英法给德国所上的最沉重的一道保险，或者说枷锁。这区区 10 万的可悲力量，无论进攻还是防御，在当时动辄百万人的战役当中根本上不了台面。也就是说，在《凡尔赛和约》的制约下，德国已经变成了一个剥了壳的鸡蛋，对于外界的予取予求没有任何抵抗能力了。

征兵如浪涌，裁军如山倒。曾经不可一世的庞大德军被强行解散，连一天战场也没有上过的海因里希·希姆莱，带着在军营受训积累下来的一大堆已经完全不具备实际意义的技能退伍，空着手回到了家里。

因为他没有能登上前线，既没有负伤，也没有立功，悲壮与他无缘，荣誉也未曾在他身上停留。这段尴尬而空虚的经历与在西线壕沟战中大显身手的大哥戈培哈特形成了鲜明的对比。看着同样退伍归来的兄长胸前闪亮的铁十字勋章，海因里希·希姆莱失落无比。战争夺走了他敬重的长辈，夺走了欧洲的平静，却在他亲自上阵争取荣耀之前这样"自私"地结束了。但他不能说什么，毕竟，此时的德国和他一样，已经没有什么地位可以抱怨了。

应该说，德国的投降和一直以来在其心中作为荣誉与骄傲象征的德军的没落，给当时的海因里希·希姆莱造成了不小的震撼和打击。他并不明白为什么宣扬着战斗到底不畏牺牲精神的军队，最终会将枪口对准自己的君主。在他和当时许多人的观念中，军人上了战场就应当不遗余力地作战，服从命令和达成命令中的目标，是他们唯一需要知道的两件事情。但是海因里希·希姆莱没有想过，这样一场非正义而又在策略上犯了错误的战争，坚持下去意味的代价是什么，他希望的只是按照自己（其实未曾实践过）的标准来打一场战争，至于结果怎样，那就不是他所愿意考虑的事情了。事实证明，一个人的愿望如果在较多的时候都是被压抑和控制的，那么当一个对他最具有诱惑力的愿望出现时，他对其所能表现出的偏执与坚持往往是十分可怕的。这种畸形的战争观影响着他的精神，也正是从这个时期起，海因里希·希姆莱的心中就已经埋下了打造一支绝对忠诚和无畏军队的愿望。

希特勒四大爪牙·海因里希

在家中短暂地居住了一段时间之后，经父亲的安排，海因里希·希姆莱回到了学校完成自己的学业。只是，这一次，他的心几乎再也没有专一地投入到学习当中，人却变得比以往更加沉默了。有些东西在他的内心深处蚀出了空洞，却怎么也填补不上，茫然和不满不时从那个空洞中溢出，像若有若无的声音在呼唤着，撩拨得他无法静下心来，这种情况一直持续到了1919年他从学校毕业为止。几年以后，他将会知道，那个声音所不断呼唤的东西其实只有一个内容，那就是成就。这些声音，不仅刺激着他的欲望，也在侵蚀着他的世界观。当事业失去道德原则，责任心和进取心将会变为最可怕的魔鬼，把一件件错误用最彻底而高效的方式展现在世界面前，而不巧的是，被历史安排担任范例的人，恰好就是他。

属于海因里希·希姆莱的蜕变，到这时才刚刚开始。

社团的吸引

突如其来的革命，新政权的建立，停战，签署合约，割地赔偿。这一切不仅改写了战争按照原本势头发展下去的走向，也造成了德国内外相当多事情的变数。其中对未来影响最为深远的一类，就是社会运动的兴起。

"一战"后，德国的部队数量被迫大大削减，在大量的退伍士兵中不仅有着众多的伤残老兵，也有为数不少身体完整健康、却又缺乏生活来源的前任德军官兵。对前途的茫然和生活现状的愤怒，使这些人当中的一部分投向了社会政治运动团体，一些精明而有政治野心的人也有意识地利用这些人。在新政府成立之后，由于对于大资产阶级的利益态度太过亲密，制定了一系列保护他们利益的政策，使之能够高枕无忧地继续剥削劳工们和基本资料生产者的利益。这种狼狈为奸的做法很快引起了共产主义者和下层劳动人民的不满，因而在其后又爆发了多场针对临时政府的抗议活动。

由于有着资产阶级对于临时政府的支持，加上抗议者又没有充分发动农村地区那些不愁吃穿的群众，使得这些游行和罢工抗议虽然显得声势浩大，但却缺乏足够有力的支援。同时，由于俄罗斯改弦易帜成为了社会主义国家，旧有秩序和资本主义势力被推翻。欧洲各国的领导者和大资产阶级不愿意让社会主义思想流传到本国境内危及自身的安全，因此在当时的欧洲大力推广反共反苏行动和言论。在作为战败国的德国境内，这种思想同

希特勒四大爪牙·海因里希

样大行其道，尤其是德国共产党推动的慕尼黑工人武装斗争启动，在巴伐利亚激进左翼的领导下建立了"巴伐利亚苏维埃共和国"之后，一场旨在争取下层人民利益并改换国家制度的运动，很快就被偷换概念地指责为里通外国和意图分裂德意志。许多倾向资本主义的右翼团体主动配合临时政府的军队镇压进攻起义人员，以便趁此机会壮大自己的声势。其中最为活跃的就是由为数不少的"一战"老兵和社会闲散人员、投机者组成的"自由军团"。

这个组织的口号和行动都非常吸引当时退伍的军人，既包括了如同未来的德国总理希特勒这样曾经得到过战场荣誉并遗留战伤的士兵，也包括了像海因里希·希姆莱一样没能亲身经历战争的挂名军人。当然，这两者加入其中的原因并不相同，这个组织对于海因里希·希姆莱的吸引力主要在于它比起共产主义者这种陌生而与自己生活完全没有交集的群体要更符合他的社会观，同时，在对外的正面战场上无法体验的刺激和团队归属感，也在这里能够被找到，尽管它所讨伐的对象是同样生于斯长于斯的巴伐利亚同胞。但是对当时的他来说，加入这个组织最重要的一点原因，还是因为这里有他所一直寻找的气氛——战斗的气氛。

在当时，他加入了自由军团下属的一个后援组织。因为还要兼顾在慕尼黑郊外的因格尔施塔特一家农场的工作，不能将全部时间都投入到社团活动中来。

自从从中学毕业后，他就已经来到了这里，因为父亲约瑟夫认为在这种社会背景下，能够找到一份稳定的工作比起继续削尖脑袋朝政府或军方系统里钻要好的多。农场的工作比较繁重，即便只有 8 个小时，每天收工时仍然会让人感到十分疲劳。但是，因为远离家庭和父母约束，又有工资收入，业余时间可以选择的行为一下子变得多种多样了，海因里希·希姆莱非常喜欢这种自由的感觉，在之前的十几年人生当中，这几乎是不可想象的

事情。但是,这种自由自在的日子并没持续太久。俗话说,凡事总有它的代价,农场的工作,本来就是以体力劳动为主,年轻而又受过军事训练的海因里希·希姆莱在最初应付起来并不困难,但是由于在工作之余常常要在住所与社团组织之间奔波,加上为斗争活动耗神费力,体质基础薄弱这一劣势很快就为他带来了恶果。

在当年春夏交际的时候,一场斑疹伤寒席卷了巴伐利亚。在当时,这是一种非常危险的急性传染疾病,农场的环境肮脏简陋,有不少的老鼠在其中生活,身上寄生着携带这种伤寒菌的恙螨虫。在秋季是伤寒爆发的高峰期,当时的年轻劳工有许多都感染了这种病症。剧烈的发烧和身体不适反应让海因里希·希姆莱不得不卧床,并被转送回家中休养,他短暂的自由生活也无奈地就此告一段落。不过,此时的他没有心情计较这些,几年未曾生病,这场突然袭来的伤寒仿佛就像把压抑了几年的病魔突然加倍地释放了出来,肝脾疼痛和淋巴腺病变导致的高烧与恶心、厌食等症状折腾得他死去活来。整整十个月后,海因里希·希姆莱才算是勉强摆脱了病症的纠缠,但是身体仍然十分虚弱,并且在皮肤上留下了一些恙螨叮咬的疤痕。唯一称得上幸运的是,这场病没有传染到他的家人身上。

经过这样一场折磨,继续在农场进行体力劳动是不用指望了。在家中养病期间,海因里希·希姆莱和父亲谈论过自己今后的生活走向问题,在父亲的建议下,为了避免浪费这段在家中赋闲养病的时间,大病初愈的海因里希·希姆莱重新捡起书本,为10月份的大学入学考试进行准备,以便通过取得学位谋求一些更好的工作。

事实上,这件事对于他来说才真正是将人生的路线图扳回到了正轨上,这些年来,他所掌握和积累的学识远比他的体魄强大得多,事情的结果也非常明显地证明了这一点。即便是在病中开始复习,大学的入学考试对

希特勒四大爪牙·海因里希

海因里希·希姆莱来说仍然形成不了难度，1919 年 10 月 18 日，海因里希·希姆莱顺利考入了慕尼黑工业大学。

在当时，慕尼黑工业大学已经将农用技术划入自己的课程教授范围当中，海因里希·希姆莱家庭出自乡村，加上他有着曾经在农场工作的经历，因此主动选择了农技专业。而同在这一年的早些时候，有一个人也以社团新丁的身份加入了一个名为"德国工人党"的小党团集体之中，他的名字，叫做阿道夫·希特勒。

在当时的德国大学中，环境比较复杂。由于战争结束后，大量的前线士兵返回国内，他们的重入社会，使各个领域的人群都难免遗留的战争思维与气氛的影响，大学也不例外，有许多和海因里希·希姆莱年纪相差无几的士兵在回国后继续进行自己未完成的学业，由此也为原本相对单纯平静的校园增添了一些复杂的成分。

客观来说，大学既是初级知识分子接受高等教育提升认识的场所，也是他们世界观和社会哲学最终养成的一个阶段性节点。士兵们则恰恰相反，他们是经历过前方的战斗和军营生活的一群人，虽然年龄和普通学生们相差不大，但却亲身体验过更为复杂残酷的斗争，由此带来了他们和普通学生之间在思想上的巨大差异。其中有一部分人更是因为与法国英国的战争创伤，而成为了坚定的民族和国家主义思想支持者，他们在校园中的言行也影响到了为数不少的在校学生。也正是由于这种舆论环境，使不少大学生也变得开始热衷于参加右翼社会组织的活动，并且表现出了不次于这些组织中更加年长者的活跃。

初入校园，海因里希·希姆莱在这个时期的表现并不突出。大学掺杂了来自整个德国境内各地的学生，海因里希·希姆莱虽然成绩不错，但这在大学中已经不能成为吸引别人目光的优势了，这使他感到多少有些无所适从。

　　由于长相上的平庸和不太好的身体，海因里希·希姆莱难以成为受欢迎的圈子中的一员，这让他一度苦于寻找新的方法表现自己并获得归属感。曾经有一段时间，德国大学生中流行一种"男人标签"的决斗，实际就是在两人决斗中在脸上留下对打的疤痕，这种疤痕被视为男子汉和勇气的象征，拥有者会受到其他人的羡慕尊敬，并且能够进入一个在普遍认识上地位略高于其他人群。类似传统校园里经过统一的自我伤害式"试炼"之后，得到承认的"兄弟会"一类的特殊交际圈。

　　在当时的军队和工人群体中，也经常会有这样充满血性的活动。由于当时德国的社会团体具有比较强的地方性，出身于同一所学校或团体、带有此类相类似"标志"的人往往能加深对彼此的认同感，有助于团体成员间的亲密和团结。因此，许多的社会团体在吸收成员的时候也会将之视为一种评价标准。这种在现在看来略显野蛮和幼稚的行为在当时吸引了不少人，希望找到归属感的希姆莱自然也不例外，但是他过分的执着却让这件严肃暴力的事情变得多了几分喜剧色彩。因为胃部旧病的缘故，希姆莱不能饮酒，前去报名的时候因此受到了参加活动的人们嘲笑，组织决斗的人也不愿意承认他有参加"决斗"的资格。然而令大家啼笑皆非的是，为了面子，也为了展示自己，希姆莱居然专门跑去医院开据了一张证明自己胃脏过敏不能饮酒的证明，"不屈不挠"地再次找上门去，无奈之下，组织者只得为他安排了对手。

　　但是事不如愿，一连几次，决斗组织者安排的对手在见到他这副孱弱的体格之后当场拒打，因为和这么一个"病秧子"一样的家伙对打无法勾起决斗的刺激感和荣誉感，只会感到自己好像在十分无耻地欺负一个弱者。结果，直到毕业前夕，希姆莱才终于完成了自己姗姗迟来的决斗，如愿以偿

希特勒四大爪牙·海因里希

地在脸上添了一条缝了足足 5 针的伤疤。

这个结果在其他人看来都是非常搞笑的，但海因里希·希姆莱自己对这种不知所谓的坚持却有着另外一套看法，他曾经在日记里这样写道："……伤痕能让我记住流血的感觉和味道，提醒自己奋斗的方向是什么，这是生活必须经历的。"

这个时期，由于在和政府、资产阶级势力与右翼思想支持者的斗争中全面败落，包括共产主义者在内的左翼势力转入活动的低潮期。偏向中间路线的政府和在前期发展中已经壮大了声势的右翼势力之间的矛盾，开始逐渐转向台面以上。后者的群体包含了政客、现在以及旧时期军人、法律专家乃至学者和社会底层的许多普通人，在法律允许和不允许的一些范围内不断扩张着影响力。通过自己控制的媒体和出版业宣扬一些比较激进的思想，鼓动德国人反抗《凡尔赛和约》施加的压力与枷锁。这显然违背了临时政府的执政思路，更何况，这些社会活动团体中许多都有着登台组阁的纲领目标，并建立地方性的武装组织，对于现政府及成员的地位与利益形成了一定的威胁。

大学生活

　　为了应对上述的这种局面,政府开始暗中部署力量,监视观察在各省首府及其他重要城市当中的游行结社活动。但是,这种监管的范围并没有涉及相对偏远的乡村和城市郊区,民间团体的势力和武装仍然在这些地方得以不断发展成长,各个地方的大学也成为了他们招募知识分子成员的优先目标。事实上,绝大多数时候是学生们自己主动投身到这些社会团体当中来的。在前景迷茫、发展道路艰难的社会背景下,青年知识分子对于自己能力的评估和展现它的欲望反而要比身处繁荣富裕社会更加迫切和高调。原因很简单,人,尤其是青年人积累的学识和精力,在去承担历史重任和填补社会空缺时,所唤起的责任心和野心是最为旺盛的。而在较为富足平静的社会中,他们不会有如此强烈的被需要感,雄心也就会随之而变得麻木。

　　在当时,慕尼黑工业大学中有数个公开的社会政治团体,海因里希·希姆莱在大学入学后不久,就正式加入了在学校中设有直接办事处的巴伐利亚人民党。但是这个政党虽然路线偏向右翼,却没有武装活动的意愿,其路线和主张也相对显得比较温和,这并不符合海因里希·希姆莱对于政治活动的愿望和组织武装延续军队生活的理想。因此他在大学毕业后一年,也就是 1923 年退出了这个团体。

　　虽然参与社会活动的口味比较"重",但实际上,在大学时期的海因里

希特勒四大爪牙·海因里希

希·希姆莱和普通的同龄青年人没有什么太大的区别，大学校园的生活虽然和中学时期严谨单纯的状态有所不同，但和许多同龄的伙伴们在一起的日子，也使得他的一部分注意力和思想从军事和政治上脱离了出来。整个大学期间，海因里希·希姆莱变回了那个求知欲旺盛而温驯的好学生，受当时的一些带有浓郁后殖民时期理性浪漫主义色彩的探险游记类书籍影响，他产生过想要旅居国外过旅行生活的想法，甚至根据自己的家境制定了几个远行的计划。还特意跑去当时苏联驻德国大使馆，询问是否能办理前往乌克兰的签证。由于早年在宗教学课堂上知识掌握比较扎实，加上在大学期间于学校图书馆广泛阅读有关神秘学和科幻猜想方面的著作，使他开始产生了对玄学与古典神秘学的兴趣。不过在当时，他专攻的学科还是纯粹属于科学范畴的农业技术。

在 1922 年毕业时，几乎是毫无意外地，海因里希·希姆莱再次以优秀的成绩拿到了学士文凭，还在当年 8 月成功取得了农艺技师的资格证书。在结束学业后，他曾经一度加入了奥伯施莱斯海姆的实验室担任助理，工作内容虽然并不算是十分理想，不过好在环境和待遇都比较不错。应该说，直到此时为止，海因里希·希姆莱的生活过的都还算是比较顺利。但是脱离了校园之后，正值风起云涌的国内和国际社会运动对他的吸引力逐渐被潮流的力量再次提升，心中的"大志"重新躁动了起来。而那些在报刊或演讲台上侃侃而谈引来人们阵阵欢呼和赞同的党团领袖们的光辉，也使他越来越无法安于平静乏味的实验室生活。

1923 年，海因里希·希姆莱退出自己所在的巴伐利亚人民党，转而将目光放到了实力更加雄厚，主张也更加激进的右翼组织——德国民族社会主义工人党（即纳粹）身上。为了更好地投身政治运动，1923 年 8 月，他谢绝了同事们的挽留辞去工作，成为了纳粹的一员党徒。

第二章

纳粹小卒与政变旗手

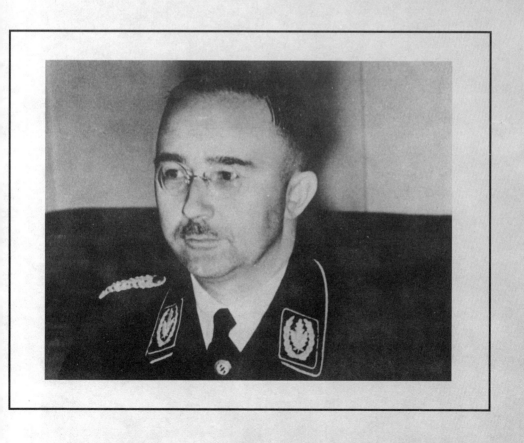

加入纳粹党

　　理论上来说，此时海因里希·希姆莱已经成为了希特勒的"同志"，但是，这两个在日后关系变得非常密切的人，当时却处于不相识的状态。

　　纳粹党（Nationalsozialistische Deutsche Arbeiterpartei）因为在德文简写中标记为 Nazi 而被译为"纳粹"党，它的全称有两种解释，一种是"德国国家社会主义工人党"，另一种则是更为露骨的"德国民族社会主义工人党"。在早期这个党团组建的时候，名称是"德国工人党"（Deutsche Arbeiterpartei），是一个在 1919 年由安东·德莱克斯勒和 C·哈勒共同牵头组建的右翼势力社会团体。不过，在草创时期，这个团体的名声远远没有后来那么显赫，它的影响力甚至连在慕尼黑这个地区的各大党团势力中的二流先锋角色也不如。这使得当时也有意在国家政治层面有所发展的德莱克斯勒与哈勒，比较迫切地希望能够得到优秀人才的加盟。巧合的是，德国陆军的一道命令，恰好就在这时为这个党团"送"来了他们梦寐以求的"精英"。

　　在参加第一次世界大战的士兵当中，阿道夫·希特勒并不是唯一一个奥地利裔德国人，但相对来说却是比较特殊的一个。这主要是因为他的两个特点，一是拥有比德国人本身更加激进的泛日耳曼民族主义情绪，从青少年时代开始，希特勒的心中就已经有了这种思想的萌芽，而经历了"一战"的残酷斗争与创伤之后，在仇外意识的推动和烘托下，这种思想更加得到了深化；而另外一个原因则很简单，那就是他是在战场上活下来的人。

在战争期间，他作为一名普通的步兵，受过枪伤、摔伤，甚至还中过芥子毒气。但最终，他成为了为数不多活下来回到德国的人之一，并成为了二级和一级铁十字勋章的拥有者。深受上级的器重，在德国投降后，他仍然没有离开军队，只是转为在上司的指令下执行一些国内的任务。1919年，正值德国境内社会运动大潮兴起，在政府的授意下，军方也派出了部分力量参与监控这些各怀目的的政党。当年7月，希特勒受命化装成普通人去旁听一次工人党和其他社团的共同集会。在会上，一位巴伐利亚分离主义者突然提出了一个主张，宣称应当让巴伐利亚恢复到以前大德意志地区未曾完全统一的状态，也就是摆脱作为原普鲁士势力象征的柏林当局控制，和传统上有着更加相近的社会制度与文化特征的奥地利，合并成为一个新的南德意志共和国或南德意志联邦。这样的话，就可以在法理上和作为战争赔偿责任方的柏林当局"划清界限"，避免"巴伐利亚人民和经济继续付出不该承担的代价"。

这种明显是希望摆脱责任的言论，在场上引起了一片哗然，在场的一些人出于相似的想法对这种论调表示了赞同，这引起了曾经参加过战争的希特勒心中极大不满和愤慨。他不顾自己的任务，在那位发言者离开之后马上登上了演讲台，以激烈而强势的口吻对前者的言论逐条批驳了一番，并斥指对方受到了"犹太阴谋分子"的挑拨和指使，要把一个统一的德国分裂为二。

这番将犹太人引入其中的话语立刻在场上引起了强烈的反响，人们纷纷对他的发言给予掌声。希特勒激昂而感情丰沛、极具感染性的演讲让坐在台下正苦于没有有力宣传手段来吸引新人加入团体的德莱克斯勒感到眼前一亮，心中对这个年轻人立刻产生了兴趣。在会后，他写了一封信，托

人转交给了已经回到营中的希特勒,内容是邀请他加入自己麾下的德国工人党。

无意中的举动,让自己卧底反而卧成了被潜伏对象眼中的"红人",这是希特勒始料未及的。在起初,由于身负军功又个性高傲。希特勒对于这个当时成员总数连一百人都不到的小团体,如此热情洋溢地招募自己这个"特务"的行为感到啼笑皆非。不过没用多久,他就意识到,这是一个实现自己政治抱负的良机。在政坛,没有背景,没有助手,就如同一个人在大海中朝远隔半个地球的对岸游泳,几乎是不可能完成的任务,一不留心还有被大浪和鲨鱼吞噬的危险,只有乘上一艘有着足够远航潜力的船,才能让前进的脚步所及之处更加接近目标。眼下这封邀请函,无疑就是登上"工人党"这艘现成船只的船票。

加入德国工人党后,在德莱克斯勒的关照下,他很快就成为了党内七人主席团的成员。虽然直到此时为止他私下还都挂着军方监视者的身份,但是他的主要精力已经完全放到了发展这支在不久的将来将会成为托举他登上舆论和权力巅峰的团体上。

利用党团干部的职位,他充分发挥了自己擅长宣传的特点,以自身一直以来坚持的"日耳曼中心"思想作为主干,加入了社会舆论对犹太人、外来民族以及共产主义者的偏见、仇视论调,利用自己的演讲天赋,通过污蔑、指控的方式,极力煽动这三个在德国境内一直以来以弱势群体形象出现的对象与德国人民的矛盾。

这一手无疑是十分有效的。在生活中我们常讲,友好和认同能带来团结,然而从另一方面来讲,被刻意制造的同仇共恨虽然在矛盾对象双方之间留下了无可弥补的伤痕,却也迫使单方面的内部团结在这种敌对背景下不得不变得更加紧密以便来寻求面对其他敌对势力的进犯时,能够有力量

希特勒四大爪牙·海因里希

保护自己和所信仰的主义。这种团结,远比更大的群体之间的团结形式更容易达成,程度也会因为个体之间利益冲突较小而更加深刻。希特勒利用了人们在面对威胁时,会自动寻找同特质的伙伴共同抵御的本能心理,尽管这些"威胁"绝大部分都是子虚乌有的。

在当时,巴伐利亚地方共产主义起义结束不久,各种不同主张的社团如同雨后春笋般大量浮现。他们或是有着地区倾向性,或是有着政治上的倾向性,但唯一相同的就是他们所围绕的都是其本身的利益,反过来也就对其他党团的利益形成了威胁。希特勒针对这一点进行了反操作,他顺应舆论环境,将所有矛盾和问题集中到了异民族和共产主义者身上,巧妙地将属于共同利益的内容掩盖了彼此间的单独利益冲突,使本党团的主张看起来具有着超越群体界限的"大公无私"。

而除此之外,他主导的新宣传口号中另一大重点。就是反对"资本主义对国家的影响和控制",因为在凡尔赛体系的压制下,德国国内经济和社会生活情况非常糟糕,大量的失业者、退伍军人、外地流浪者与深受剥削的底层劳动者形成了各大城市中的"沉淀阶级",与仍然高高在上的垄断性资本家族之间呈现出极大的贫富差距。他很好地利用了由此而在民间积累的不满情绪,使工人党的主张受到了更多人的拥护。

1920 年的时候,为了追赶潮流,已经是团体重要人物的希特勒和德莱克斯勒等党团首脑商讨过后,决定对党团名称和党纲进行一次重新修订。其中最为显著的改变就是党团的名称变为了"德意志国家(民族)社会主义工人党",根据德语发音和拼写的原文,这个党团又被简称为纳粹(Nazi)党,在当时,没有人会想到,这个简单的名字,将随着希特勒野心的膨胀烙入所有人的记忆当中。

为了能更好地投入到经营工作中,希特勒在当年 3 月从军队正式离职,专心推动党团的宣传和壮大。1922 年,他排挤了老上级德莱克斯勒,亲自担任党团首领,并在慕尼黑注册了纳粹党的新名称。由此,纳粹党的名字正式登上了历史舞台,希特勒在党团中的主导地位也彻底稳固了下来。而此时的海因里希·希姆莱,才刚刚在学校附近的医院拆掉脸上被打伤后的缝合线。在一年后,当他终于加入了纳粹党的旁支机构——"帝国战旗"时,希特勒已经成为了整个慕尼黑及周边首屈一指的党团领袖人物。

严格来讲,海因里希·希姆莱当时之所以选择加入了纳粹党,主要原因和之前所提到的一样,看中的是纳粹党本身的规模和影响力。对于希特勒其人,他之前也只是有所耳闻而已,但是对于他当时的新丁身份来说,已经居于党团顶端的希特勒与他距离实在是过于遥远,以至于难以让他产生什么感受。从这里可以明显看出,相对于希特勒的冲动型行动方式,海因里希·希姆莱的行为指导原则要显得理性不少,虽然两者的动机上同样有较强的投机性,这也成为了他日后在纳粹阵营中迥异于他人的一个性格特点。

事实上,之所以选择加入纳粹党,对于海因里希·希姆莱本人来说还有另外一个原因。在 1920 年,慕尼黑自卫军成立,海因里希·希姆莱加入其中,结识了作为武器管理人的军人恩斯特·罗姆。罗姆曾经是反共斗争组织"自由军团"的一员锋将,恰好,海因里希·希姆莱也曾经一度在周边组织为自由军团效力,同样的出身和社会活动经历使海因里希·希姆莱对于罗姆很有好感。不过在巴伐利亚共产主义武装起义遭到镇压后不久,罗姆和一部分人就脱离了自由军团,在 1920 年成为了纳粹党的正式成员。海因里希·希姆莱所加入的纳粹党分支机构就是罗姆所掌握的一支武装力量"帝国战旗",这是一支由右翼极端分子志愿组成的民间武装团体,对抗的主要目标是信仰马克思主义的团体或其他敌对的左右翼党团及个人。干练而富

希特勒四大爪牙·海因里希

有军事组织能力的罗姆本人与希特勒关系也非常好。但是在政治主张上，罗姆的侧重点与海因里希·希姆莱和希特勒等人是有一定的区别的，他并不关心被希特勒视为政治宣传核心的反犹太和反共产内容，而是对于攸关底层工人阶级和贫苦百姓生活的反资产阶级垄断生产资料运动更加重视，有着较强烈的社会主义思想，这使得他在一些场合和希特勒的意见存在着相左之处。

相反，深受诸如《十九世纪的基础》《热血与土地》等民族和农本主义著作影响的海因里希·希姆莱在加入纳粹党之后，通过听取希特勒的演讲和学习他一手制定的党纲，对这位激进的党魁的主张产生了更多的认同感。这种偏执而高昂的姿态，也使从小压抑个性的海因里希·希姆莱在他的身上找到了一种畅所欲言的快意，这使他更加深刻地认识到，希特勒的存在对于纳粹党这个集体有着怎样的意义。同时，也使他开始对自己加入团体的初衷和原本既定的发展方向产生了思考。

不仅仅是海因里希·希姆莱自己，在当时，希特勒本人实际上已经成为了纳粹党的一块金子招牌，许多人都是因为受到了希特勒口才与主张的感召对这个政党产生了兴趣。加上他激昂澎湃的情绪渲染力和对当时国际和社会政治问题直言而论的行为，在二十世纪三十年代德国沉闷浮躁的社会空气中像一针针刺入人们神经中枢的兴奋剂一样，很容易让人被带动而产生类似的热情。

众多的青年工人、退伍军人和大学生，乃至一些学者、议员和律师都因为对希特勒的个人魅力的崇拜而加入到了纳粹的团队当中来。海因里希·希姆莱所在的武装团体也在罗姆的命令下改组为"冲锋队"，声势在不断壮大，队伍在不断扩充，这使得希特勒等纳粹高层对于纳粹的影响力和号召力产生了一种错误的判断。尤其是在前一年，也就是 1922 年，希特勒曾经一度十分崇拜的法西斯主义先践者——意大利法西斯党魁贝尼托·墨索里尼因为不满法西斯党在国会当中席位不足而纠结3万法西斯党徒发动的"进军罗马"行动,通过这种示威式的实力展示,使当时的意大利国王伊曼纽三世不得不将首相的宝座交给了墨索里尼,这一事件让整个纳粹党受到了不小的刺激和启发。而在1923年,恰好发生了金融危机,德国货币马克发生剧烈贬值,加上政府对法国强行出兵鲁尔区的行为反应十分软弱,这一切在民间引起了极大的不满。纳粹党内部一致认为,这是一个借机夺取政权的绝佳机会。

希特勒四大爪牙·海因里希

热情与野心

作为以夺取政权为最终诉求的政治团体,如果能通过类似"进军罗马"的过程完成政权更替,不仅能提前将政治局面掌握在党团的手中,也能更早一步施展抱负,将推动德国恢复武力和霸权的梦想实现,因此,纳粹的许多高层都对借鉴意大利的"经验"颇感兴趣。但是,相比法西斯党当时的状态,纳粹党有一个比较显著的缺点,那就是人手不足。

在当时,德国的人口与意大利相差不多,墨索里尼一次就能动员3万名党徒进行活动,纳粹党在德国的注册党员总数量截止到这一年为止才刚刚到达3万而已。而慕尼黑又是一个与柏林彼此关系显得相对独立的行政单位,纳粹尽管目前势力在巴伐利亚堪称首屈一指,但是对于手握军警部队的柏林政权来说却远远产生不了任何决定性的威胁。但是,希特勒和他的死党如赫尔曼·戈林等仍然决意一试。而且,在他们的一方,还有一位隐藏较深的重量级人物可以提供支持,那就是"一战"时德军的总参谋长——鲁登道夫将军。

在当时的德国军界,鲁登道夫的名声人所共知。他曾经与兴登堡共同指挥过第一次世界大战的主要战役,具有极高的威望。但在11月革命发生后,由于对新政府的措施和驱逐皇室改制共和的行为十分愤慨,鲁登道夫一度干预德国高层对外和平谈判的进程,但是没有取得成功,他也不得不离开了军队。这种怨恨，在多年之后仍然未曾消散。为了推翻走中间路线的平庸政府，鲁登道夫和拥有众多旧时代军人的纳粹党建立起了联系。但是出于多种因素考虑，双方都没有公开这种关系。

立场上，鲁登道夫基本认同纳粹党的主张和纲领，不过他们最主要的交集还是在针对被其称为"11月罪人"的执政府以及恢复帝国制度这件事情上。现在，以纳粹党徒和正规军警武装力量的对比上来看，走墨索里尼式公开的"和平进军"一次性控制全国政权是无法达成目的的。因此，只能选择发动武装政变，挟持地区性的领导人物来迫使当地政府就范，进而再图谋用宣传手段将"革命"的范围扩展到作为国家政治中心的柏林。

为了保障这次行动的成功，纳粹党就准备让这员帝国时期的老将出面，一方面，能够在阵容上增添一元有力的砝码，另一方面，也可以借重鲁登道夫在军中的影响力，为纳粹党争取更多的现役军警倒戈加入。一切估算妥当，胆大妄为的希特勒将日期选在了11月8日。这一天，慕尼黑的三位军政警首脑和一批市政府的议员高官，将在慕尼黑一家啤酒馆举行集会活动。以希特勒为首的纳粹高官们就准备在那一天，利用冲锋队和亲纳粹党的民间志愿者发动政变。

在行动发起前半个月的时候，海因里希·希姆莱和同在冲锋队的纳粹党徒们得到了领导者罗姆下达的命令。根据行动计划，他们将被分为两组，负责行动的一组人马占据了冲锋队的多数部分，约有数百人，他们将负责和希特勒一同在酒馆进行夺权和监禁行动。而另一组人则负责召集和带领分散于城市各地的纳粹支持者，包括民众、工人、友好团体和训练营中在亲纳粹军官指挥下的学生士兵。打算以这些民间人士作为掩护和壮大声势的工具，使守卫政府机关的军警投鼠忌器，无法开枪射击。由于海因里希·希姆莱在早些时候参加右翼势力，与政府军对巴伐利亚共产主义者镇压行动

希特勒四大爪牙·海因里希

期间,曾经有过不错的表现,加上平时他办事沉稳可靠,罗姆将海因里希·希姆莱编入了后一组队伍,命令由他带着帝国时代的旗帜召集一批支持者,在固定的时间与开往市中心政府大楼的队伍汇合。

政变——在接到罗姆的命令以后,海因里希·希姆莱内心有史以来,第一次意识到这个禁忌的词汇距离自己是如此之近。强烈的叛逆感先是引出了一股短暂的不安,然而很快,就被一种激动和热情所取代了。这无疑将会是他自从进入社会团体活动以来参加的最为重大的一次行动,离开军队之后,久违的热血沸腾的感觉充斥了他的内心,他深深地知道,无论这次行动究竟是成功还是失败,由自己和伙伴们亲手推动的这一切,都将会被这个国家的历史永远记住。

应该说,产生了这样感觉的人不止海因里希·希姆莱自己而已。这个时候的纳粹党虽然当中混入了大量的政界人士、现役或退伍军人以及知识分子,而且在对希特勒保持崇拜和忠诚的前提下,一致支持该党团十分激进的政治主张和对政府的批判行为。但是真正采取这种行动的时候,能够实际依靠的人仍然只有不到六百人的核心分子。

压力这种东西是无形的。但是此时,所有参与这件事的人仍然能感觉到可能代表着“一个国家的未来命运”的这份巨大的责任,被均分到他们身上之后产生的重压感。只是,他们所有人,包括希特勒都没有察觉到,这些人暗地里的激动和热情背后,其实拥有的只是不成熟的妄想而已。

客观来说,纳粹发展到这个时期,确实在巴伐利亚地区拥有比较广泛的群众基础。但是希特勒本人所走的斗争路线和他们所制定夺取政权的方案,却仍然是延续军事抢夺和早期社会派别间私下武斗的套路,用激烈的言辞、手段赢得人们认同和小范围斗争胜利的有限经验,似乎被视为是一种可以解决任何问题的万灵药方。但他们显然低估了群体理性和职业责任

思维对于这种以情绪渲染为主的理念推销手法有多么强大的稀释作用。一旦这种手法在他们选择的政变目标中最为关键的几个人身上并没有生效，那么等待这场被冠以"革命"之名的政变唯一结果就只能是失败而已。只可惜，唯希特勒和罗姆等人马首是瞻的党团成员们此时却已经没有一个人肯从狂热的信任里，反过来思考一下成功达成目标的可能性了。

为了激励大家，希特勒甚至在几位亲信面前几次表示了"这件事如果不成功，那么我们就一同赴死"的坚定态度。如此一来，在这些党徒的眼中看到的，只有激进的头目们描述的光辉未来和看似必然到来的成功。在计划确定后的时间里，纳粹党的高层为发动行动当天所需的人力和声势做了多种可能的部署，一切都在慌张而热切的沉默中顺利进行着，直到那一天的到来。

11月8日晚上，在慕尼黑城内的纳粹党徒传来消息，市政高官和社会名流在啤酒馆陆续出现，警察也开始在啤酒馆外列队维持秩序。

位于国家社会党总部的头目们按照事先计划的那样各自出动，为了表示庄重，希特勒没有穿平时的紧身衬衫制服，而是穿了一身黑色的旧式礼服。带着自己的保镖和副手，以及一批被他们事先找来的外国记者驱车赶向啤酒馆。

随后，多辆卡车也从这里出发，上面乘坐的是穿着统一褐色制服、荷枪实弹的冲锋队员。希特勒利用事先收买的警察局内部人士的关系顺利带着几个人混进了酒吧。在晚上8点30分，冲锋队在外面聚拢并包围了整个啤酒馆，驱走了在场的警察们。希特勒和戈林等人趁机鸣枪，跳上桌子和讲台抢占话筒，宣布"革命"已经开始，并谎称全国各地的人民都已经开始反对政府。要求在场的慕尼黑军警政三位首脑人物宣布效忠自己，承诺将由他们担任新政府的重要人物。

希特勒四大爪牙·海因里希

一开始，人们确实被这突然出现的一幕吓了一跳。但是很快，由于在慕尼黑当地希特勒等人经常在各种场合出现，大家对他并不陌生，加上那身和杀气腾腾的手下们装束格格不入的旧式礼服，显得颇有些滑稽和荒谬。纳粹党费尽力气制造的严肃场面渐渐松弛下来，一些人如同看小丑一样的眼神，使原本心情就十分紧张的希特勒等人变得更加窘迫了。

无奈之下，他一边让戈林压制场面，亲自和其他几个人将三位首脑带到小房间密谈，一方面派出自己的保镖去通知鲁登道夫快些赶来帮助自己说服这些人。

失败的暴动

　　在睡梦中被叫醒的鲁登道夫,直到此时才得知希特勒和纳粹党居然干出了这种事情,他立刻意识到了问题的严重程度已经走到了一个不可收拾的境地。

　　原本根据鲁登道夫的设想,是希望借助纳粹党不断壮大的势力以合法的方式,取得政权来实现他重建军队并为国家摆脱《凡尔赛和约》压制。因此,鲁登道夫对纳粹党原本寄予厚望,尽管之前有些许激进的反政府行为,但是他从来没有觉得纳粹党可能会或者应该去用暴力手段对抗国家,这对于他这样一个坚持传统普鲁士军人忠于政府与国家的价值观和操守的老兵来说是不能想象的。

　　然而,让他没有想到的是,希特勒竟真的动用了政变的手段,这已经完全破坏了鲁登道夫不愿意与德国同胞和政府枪口相对的初衷,这让他既气愤又无奈。但事已至此,不能眼睁睁地看着纳粹党就此失败,如果这次政变就这样无声无息地终结,对未来其他希望以结社方式改变政权的人来说,必然会造成很大的障碍。思前想后,鲁登道夫决定接受希特勒的邀请前去助上一臂之力。

　　鲁登道夫的分量没有被低估,他的出面,终于让在啤酒馆与希特勒对峙的三位官员产生了动摇,加上神经兮兮的希特勒用手枪相威胁,三人迟

希特勒四大爪牙·海因里希

疑了一段时间之后,不得不假意表示自己愿意与希特勒等人合作组成新的政府。

松了一口气的希特勒大概是兴奋过度,加上鲁登道夫这位"主心骨"的撑腰,使他的警惕性变得大为放松,对三个人表示效忠的话完全不疑有诈。他带着自己的"新政府领导班子"走出了房间,人人都能看出他的眼神已经兴高采烈,但是希特勒却偏偏还要为表现沉稳和严肃而压制这种暴发户般的兴奋,使他的表情看上去令人感到滑稽而又诡异。

借着刚刚的成功和志得意满壮胆,希特勒回到酒馆大堂里,并发表了一篇准备已久的演说。用自己如簧的巧舌阐述了纳粹党"讨伐腐朽,振兴德国"的理念,使在场的人们被发言的情绪所感染,许多不明就里的人甚至转而开始支持这次夺权行动,纷纷欢呼呐喊。

到此为止,至少在表面上,在啤酒馆以内的一切局面已经由纳粹党所掌握了,与三位政府首脑谈判的结果,也预示着情况将朝着希特勒等人所预期的方向发展。而在外面,也陆续传回了纳粹党徒占领和窃夺当地政府机关成功的消息,形式似乎已经可以看作一片大好了。

然而就在不久之后,一个让人没有想到的消息传到了希特勒和鲁登道夫这里:由于在警局方面安排的内奸没有照顾周全,让一名值班警官得以赶在纳粹党徒完全占领警察局之前,利用另外一部没有被内奸控制的外线电话向慕尼黑当地驻军告知了这件事,然后在同事帮助下顺利溜走了。这使得慕尼黑的军区得以提前布置兵力严防死守,没有让纳粹党徒进入军营得到更多武器。

得到了前方占领军营受阻的消息,自认为已经得到当地军警政首脑支持的希特勒等人感到了一丝不详,他意识到需要抢先一步占领政府,不能拖到更长时间。随即,他连同鲁登道夫和戈林,率领酒馆中的支持者和冲锋队的人手赶往市政府大楼。但是，为了增强声势，他只留下了很少的几个人在啤酒馆，继续看管已经被"招安"了的三位政府首脑，但用不了多久，这个错误的决定就会让他后悔不已。

在希特勒等人离去后，三位官员骤然发现，围着自己的枪口几乎全都不见了。他们趁这个天赐良机以"自己人"的口吻，骗取了负责看守的纳粹党徒信任，设法逃出了酒馆。从另外的道路赶回各自的岗位，并一边拍发电报告知柏林方面慕尼黑发生政变，一边抓紧调集人手围堵准备进攻政府的希特勒等人。

毫不知情的海因里希·希姆莱此时正急匆匆地带着旗帜和一大群人赶向事先说好的汇合地点，对于纳粹党在这场对抗中所占据的优势的坚信，使他认为啤酒馆内的行动必将最终成功。

果然，在慕尼黑中央大街的十字路口，他遇到了在数千名持枪的冲锋队员和支持者簇拥下浩浩荡荡开往警察局的罗姆、希特勒等人，他立刻带着自己召来的一组人也加入到其中，挥动旗帜耀武扬威地引导着队伍跟随站在最前方的鲁登道夫和希特勒一同向市政府进发，人数的增加，让这群在黑夜里的慕尼黑街头持枪行走的叛乱分子们，获得了更大的胆量和鼓舞。但是海因里希·希姆莱和自己带来的人此时还并不知道，这些人之所以在这个时候来到这里，是因为没有办法得到来自军营的武器支持，因而不得不提前发动"夺宫"。直到此时为止，这场乱七八糟、漏洞百出的"革命"已经快要走到终点了。

在他们到达警局之后，有消息传来，称离开酒馆的三个人已经调集军警在市政府门前布防了。希特勒的心情为此而惊疑不定，鲁登道夫却还对他们抱有一些希望，觉得凭借这些老兵和自己在场，军警应当不会对人们开枪。

希特勒四大爪牙·海因里希

　　老将军的笃定,让希特勒多少恢复了一些信心,他决定,务必要在更多本地区的政府军警开赴这里之前,先行将地区控制权攥在手里。此时,已经是 11 月 9 日的早上。大批人马经过重新整队浩浩荡荡地抵达了位于市中心"音乐厅"广场,在位于广场上的"统帅堂"还有一百多米的距离时,走在前面几排的海因里希·希姆莱就看到,那里前进的道路早就已经被手持步枪的军警所拦住了。

　　看看身边只有马枪和手枪的纳粹党徒们,心虚和不安的情绪,使海因里希·希姆莱被热情鼓噪的内心冷静了下来。似乎是下意识地,他将帝国旗帜飘荡的边角攥在握着旗杆的手中,好让自己看起来没有那么招摇。这个无心的举动,后来却为他挽回了一条命。

　　希特勒和鲁登道夫两人一直走在队伍的最前方,距离前方军警的枪口也最为接近,希特勒手中拿着一支左轮手枪,而鲁登道夫则赤手空拳,只穿着他的旧式将军制服,脸色阴沉而高傲,一语不发。他们身后各自跟随着希特勒的保镖和鲁登道夫的仆人。当走到布防的军警跟前时,对方喝令他们马上停止前进。希特勒的保镖则回应道:"放下你的枪,尊敬的鲁登道夫阁下在这里!"

　　在离开酒馆之前,希特勒喝了不少的酒。当清晨的阳光越过附近的屋顶照在他脸上时,酒精在体内发酵的劲头正到了最充分的时候。他站在鲁登道夫后面半步的地方,微微喘着气,保镖喊出那句话的时候,他看到了对方指挥官脸上犹豫的神色。

　　一股狂妄从心底涌出,他挥舞手里的枪,用仿佛站在社团集会演讲台上发表演说一样的神态,昂起脖子大声说道:"投降吧! 政府由我们接管,你们该这么做! "然而,话音还未消散,一声不知从哪边阵营中发出的枪响陡然在密集的人群中响了起来,士兵们和持械的纳粹党徒原本已经无比紧张的神经和压在扳机上的手指顿时被这一枪全部引爆。几乎是在枪响后的同一瞬间，双方各有十几人已经朝对方射出了第一发子弹，紧接着就是人们奔逃、喊叫、倒地的声音，以及更加密集的、如同凌空向薄皮铁盆里倾倒大把大把干豌豆一样的枪声。

鲁登道夫的预言没能实现，在被一群狂热的纳粹党徒用枪瞄准的时候，对面的军警中很少有人会再顾及他是不是将军了。枪声响起后，他和希特勒同时成为了第一批倒在地上的人。但是他却毫发无伤，因为在枪响前的瞬间，他的仆人和希特勒的保镖已经发现情况不妙，先后冒死挡在了他们的面前。

因为希特勒张扬跋扈的行为，之前瞄准他的士兵最多。因此保镖的身上几乎是立刻就挨了七八颗子弹，但在那之前，他成功地将自己的主子拉倒在地，使希特勒只是手臂脱臼，没有变成第二排枪下的筛子；而射向鲁登道夫的子弹只有两颗，其中一颗打偏了，另一颗却打穿了他仆人的后胸，斜着穿透了心脏。愤怒的鲁登道夫挣扎着爬起来，不顾纳粹党徒四散奔逃，孤身一人想要冲进对面的队伍里揪住指挥官，但旋即就被军警们牢牢按住绑了起来。

在所有人中，海因里希·希姆莱是最幸运的一个。在队伍停止前进的时候，原本晃动的旗子静止了下来，这使他避免了直接成为士兵们的第一批目标。双方枪战开始的时候，他还在犹豫要不要大声呐喊，用旗帜鼓舞同伙们继续作战，但是开始四散奔逃的人群很快就替他回答了这个问题，几千名之前还杀声震天的纳粹党徒几乎是一瞬间就暴露了他们乌合之众的本色，有人在跑，有人在射击，但就是没有一个人朝军警的阵列冲过去。

眼见已经没有什么作为可言了，海因里希·希姆莱不得不也和人们一起逃走，幸运的是，因为他提前用手攥住了旗脚，在慌乱的人群推搡挤绊中

希特勒四大爪牙·海因里希

没有被散垂的旗子缠住。让他当年在步兵训练营里学到的规避射击技巧有史以来第一次得到施展的时候很是顺利。

　　借助混乱的人群掩护，海因里希·希姆莱迂回着一口气跑到了几百米外的建筑物后面，这才来得及回头看向身后刚才自己站立的地方。在有几个到十几个的躯体躺在道路上，有些还在动，有些却已经明显能看出活不成了。在那些人中，没有希特勒，也没有鲁登道夫。但是此刻在海因里希·希姆莱的心中，却十分明显地产生了这样一种想法：这场政变，完了。

第三章

从政治先锋到纳粹高官

重归团体

　　一场策划已久的政变就这样落幕了,鲜血和残骸提醒着人们不久之前发生在街头的枪战。本想通过加入纳粹以走上政途的海因里希·希姆莱没有想到自己差点会因此而失去性命,擦身而过的厄运给他上了深刻的一课,但他并没有就此对希特勒失去信心。

　　啤酒馆暴动失败之后,希特勒被捕入狱。在审判席上,他试图把它变成自己的政治演说,但此时并没有多少人愿意为他浪费时间。最终,希特勒在狱中度过了八个月。在这八个月中,他找到其他人以口述的方式完成了《我的奋斗》一书。

　　书中,希特勒畅想了未来的德国,它是美好而富有的。希特勒在狱中的生活并不是很糟糕,他虽然被限制了自由,但是他的思想却是活跃的。他开始计划出狱后的从政之路,这个在未来发动全世界战争的纳粹头目对政治似乎从未放弃过。

　　政变的失败让希特勒明白获取政权的途径只能通过和当权者合作,而不是以政变的方式去夺取。所以,出狱后的希特勒主动拜访了巴伐利亚总理,向其承认暴动是一个错误,并保证自己以后一定会循规蹈矩,不会再做出背叛政府和国家的事情了。

　　希特勒的诚恳态度产生了效用,赢得了巴伐利亚总理的好感,他竟然

希特勒四大爪牙·海因里希

觉得"这头凶猛的狮子终于被驯服了"。但事实并非如此,在纳粹党和机关报被撤销禁令后,希特勒的活动也正式开始了。到 1928 年,纳粹党逐渐变成了一个"拥有一批具有接管政府事务能力的干部的政党"。

此时,年仅 27 岁的海因里希·希姆莱已经是党卫队全国副领袖了。他的人生轨迹终于朝着一直以来所期待的方向发展而去,复苏的纳粹党不仅是希特勒脚下的大船,也同样是他通向权力高处的电梯。

然而,长久以来所希冀的地位或愿望终于成为现实的时候,内心反而没有如同以往预想的那样惊喜。尽管身居要职,以往的经历却使海因里希·希姆莱深刻地明白这一切所得究竟有多么不易,而同时,这些成就却也刺激着他的内心,推动着他朝更高的地位发起冲击。

在这个过程中,如何尽可能地发挥出自己在这个地位上所能展现的一切能力,使这个党团在自己手中的部分呈现出一种比其他类似的局部更加出色的状态,光靠当初的热血来维持干劲是远远不够的,需要抱着一种轻松而平常的心态,将之视为"事业"一样愉快地经营才行。

这一天,清晨的第一缕阳光透过窗棂照射进来,投在办公室的沙发上,慢慢爬上海因里希·希姆莱的面孔,透过眼皮沁入的光线弄醒了他。他坐起身来,伸了一个懒腰,看看洒进来的阳光,嘴角上翘了一个弧度。习惯性地拿起桌上的眼镜戴上,看看怀表,不免有些惊讶。自己好像已经很久没有睡这么久了。

记得小时候,围绕在自己身边的几乎都是家里的仆人,当黑暗来临的时候,内心的恐惧怎么也驱不散,只能辗转反侧,很久才能入睡,而一点响动就能将自己惊醒。

再大一点的时候,似乎已经习惯了黑暗和孤单,睡不着的时候,睁开眼睛盯着天花板成为了那时常做的事情。一阵敲门声,将他拉回了现实,他暗

中嘲笑自己还是忘不掉那段孤单的日子。少年时代的孤单与拘束，与其说是挥之不去的阴暗，不如说是一种对于现在安稳与有序的生活的反向感触，也许正是因为后者占据了现在自己的绝大部分时间，才使得昔日那些有欠良美的记忆碎片被本能地挤榨出来，提醒着今天生活的来之不易吧。

自担任党卫队全国副领袖之后，海因里希·希姆莱比以前要繁忙得多，但他很乐意为这份工作操劳，就如同以往的其他工作一样，然而心情却是不能同日而语的。穿戴好之后，一身制服将他衬托得格外精神，接着，他叫进自己的助手，边吃早餐边听着一天的工作汇报。

此时，德国的经济并不景气。城镇小作坊受经济危机的影响大部分都处于停业状态，只有少数的生活用品生产厂仍然运作着。但随着人们购买力的减退，大量产品滞留、积压，也许在不久后，它们也会倒闭。面对大量的失业者，当局者并没有拿出好的解决办法，只能尽可能维持普通人的生活，至于何时突破眼前的困难，只能是未知数。

慕尼黑，这座德国著名的城市，有着秀丽的景色，多瑙河支流伊萨尔河岸峰流淌的水声如往日一样欢快。但此时，人们无心观赏这片美景，生活无着落的人们开始四处打听能提供工作的地方。

街上报摊上出售的报纸成为了热销品，失业的人们寻找着招聘信息，也查看最新的国际态势，上面描绘的经济情况只有令人失望的坏消息。

有的人干脆在看过之后将报纸直接丢进了垃圾桶里，处于困顿中的人们已经逐渐对政府失去了信心，只有尽可能寻找力所能及的工作来满足最低的生存需求。

一间货铺贴了一张招聘广告，没过几分钟，店内便涌进了很多求职者。这些人当中有工厂的失业工人，办公室被辞退的文员以及以前从事其他行业的人。一个看起来非常瘦弱的中年人时不时地朝里面张望着，从他的眼

希特勒四大爪牙·海因里希

神中,可知他既紧张又兴奋。这是他找到的第十份工作。老板终于出来了,并对工作及薪金作了简单的介绍,接着,一些人主动放弃了这份工作,另一些人被淘汰掉,而这名中年人由于有这方面的工作经验,最后被雇佣了。这份来之不易的工作,可以帮助他解决接下来的生活问题,填饱一家人的肚子,也许还可以额外有些积蓄。

德国民众对政府的失望,在一定程度上成为了正在强壮起来的各大民间政党的土壤。动荡而低迷的社会中生计无着或对当前的生活不满的人,往往会为了改变现状而投向这些党团中的意向相近者,期待着由它们的力量来改变德国。

一辆黑色轿车载着海因里希·希姆莱驶向了市内的一处繁华街区,在一处街角,车子停下了,他准备在市区走走,这是每个星期的惯例,为此,他还特意换上了一身便装,使他看起来颇为低调。

街上的人很多,商铺贴出了颜色艳丽宣传海报,以吸引过往的行人。但由于受到大环境的影响,商家的生意看上去并不是很景气。海因里希·希姆莱沿街拾步,时不时停下来看一下路边商品,商家热情地介绍着,希望能多达成几笔交易。

这时,一辆民用货车从他的身边驶过,带起的大片尘土使他不及躲避。跟随他而来的党卫队士兵开车拦下货车,车主被迫交出证件给他们查看。接着,向海因里希·希姆莱解释,表示抱歉。海因里希·希姆莱从司机话语中了解到,他们是一家犹太人开的工厂的工人,车上装得是要出售的货物,因为时间紧迫,所以他们才提高了车速。海因里希·希姆莱没有说什么,只是笑着打了个手势,让士兵们退下。心中忐忑的司机见状,终于松了一口气,而后开车离去。然而此时,就在货车的后方,一辆黑色轿车正悄悄地尾随着。

在货车达到目的地后,黑色轿车随即驶离。就在货物就要卸完时,一大批穿着制服的士兵突然出现,并包围了这里,士兵掏出了棍棒,驱打无辜的工人们,货物散落一地。

此时,办公室的门敞开着,海因里希·希姆莱正在伏案批阅着文件。从他的神情中可以看出他的专注。不久,进来一位穿着笔挺军装的士兵。"报告长官,任务已完成。"

"嗯!好。"海因里希·希姆莱表情严肃,态度平淡,这让士兵不免有些慌乱,士兵磕了一下鞋跟儿立正,转身离开了,海因里希·希姆莱如同什么也没有发生一样俯身看向桌面的文件,然而此时,他的脸上已微微浮现出快乐的神情。

不久后,报纸的头版刊登了犹太工厂停业的照片。人们议论纷纷,叹息又少了一处可以寻找工作的去处。与人们对生活的担忧形成鲜明对比的是纳粹党虚假的热情,他们派人在街上散发传单,上面写着各种口号,如:"和我们一起,奋斗吧,争取自己的生活!"

在经济萧条的德国,犹太人的财富既让人羡慕,也招来了纳粹的嫉妒。犹太族裔仿佛受到了上天的恩惠,天生有着经商的头脑,他们是当时德国中产和资产阶层的重要组成部分。

在经济整体萧条的大背景下,犹太人以变通灵活的头脑和务实的精神获得了最大的收益。在竞争对手逐渐减少的情况下,他们缩减了产出量,提高了产品的售价,这样虽然售出的数量有所减少,但在提高商品单价之后,对整体利润的影响并不是很大。

对于这种商业手段,长期生活在下巴伐利亚邦乡村和的海因里希·希姆莱很早就对犹太人有偏见。在他看来,农民的利益绝大部分被像犹太人这样的资本者们剥削了,打击这些人是完全无需感到愧疚的。在他将民众

希特勒四大爪牙·海因里希

看作是德国精神意志和民族精神强有力后盾的时候,就已经开始筹划针对犹太人的舆论和社会行为了。

看着桌上宣传倒闭事件的报纸,海因里希·希姆莱并不为自己此次制造的混乱而担心。以当前的社会风向来看,犹太人作为德国少数族裔中的翘楚,并不是与世无争的。他们的特殊性和与主体民族之间的矛盾,正在被以纳粹为主要推手的舆论挖掘和放大,迟早都会成为转嫁德国社会问题的牺牲品。需要关心的只是在于利用这个牺牲品,获得最大利益的究竟是不是纳粹党,仅此而已。

纳粹党的春天

  海因里希·希姆莱的设想并没有错，魏玛政府在经济危机中表现得困顿不前，国民经济振作乏力，大企业又加强了对工人和普通消费者的剥削力度，这使得社会越是接近底层和知识界的人士，对于政府与大资本者的不满声音就越随之变大。纳粹党一直以来强调的"推行社会主义"、"尊重民生反对剥削"、"抵制犹太人窃取人民财富"的说法与它们对政府激进的批判姿态赢得了越来越多人的认可，然而大资本家族和政府本身的存在分别由其客观势力和合法性所保护，纳粹党无法从这些对象身上制造实际的冲突，无法获得任何特殊庇护的犹太人与德国本土族群之间的矛盾，成为了它能够近乎不受任何指责去消费的唯一话题。

  随着纳粹势力的不断扩大，他们针对犹太人和反对党派的攻击活动也愈加猖狂。冲锋队的皮靴声仿佛永不停息地在街上穿梭，在这个多数人人心惶惶的社会，很少有人有心情和余力去关心他人的死活如何。包括犹太人在内的少数族裔与其他党派人士的悲惨遭遇成为了社会主要矛盾之下被掩盖的黑暗事实。

  此后的一段时间，海因里希·希姆莱一直都重复着这样的"工作"，工作的内容无疑是树立纳粹党形象以及为其杀伐打压敌对势力，虽然"工作量"巨大，但是海因里希·希姆莱仍乐此不疲。对于交付给自己的工作，海因里希·希姆莱有着一种如同本能般的认同感和使命感。无论是攻击还是阴谋，他都不介意去完成。不过这并不意味着他内心对于这些事情包含善恶在内的所有属性全无认知。但当把这些内容与自己和党团的前途利益放在同一个天平的两端衡量权重的时候，他会十分清楚而且毫不犹豫地选择后者。

在党卫队形成规模之后，他开始专门抽出时间，研究对士兵的训练和管控，特别是在这些人的心理和价值观改造上，海因里希·希姆莱下了很大的功夫。他虽然身居冲锋队高级军官的位置，但是，在他眼中，这支党卫队才是真正对自己非常重要的地方，因为在这里，他才是那个能一手遮天的人。

纳粹冲锋队无疑是个能勾起人热情的名字，但是党卫队却象征着更高程度的纯粹和忠诚，对那位身居纳粹党最高核心处的领导者 -- 希特勒一个人的忠诚。

海因里希·希姆莱很喜欢这种感觉，这个组织比时常自作主张的冲锋队来得更加单纯，尽管后者和它的实际主人——罗姆曾经为他实现了之前一直希望感受到的"自由"，但是现在，海因里希·希姆莱所追求的东西已经改变了，他希望追随的，不再是和冲锋队一样风风火火嚣张耿直的罗姆，是有着更高集权主义抱负的希特勒。

一个人想要成功，需要找到适合的土壤，海因里希·希姆莱之所以能从一个无名小卒一跃成为纳粹党当中的要员，并掌握着众多人的生死，主要是因为他抓住了有利的契机，让自己爬到了希特勒最亲近的位置上来。

随着希特勒十一月政变的失败，一直寻找着政治出路的海因里希·希姆莱没有得到一点好处，直到他遇到了转变他人生命运的人，他就是自己在纳粹党的旧识格利戈尔·施特拉塞。这位自由运动组织活动的头目，对海因里希·希姆莱的组织能力和工作能力颇为看好，并启用了他作为自己的副手。

之后,海因里希·希姆莱曾为施特拉塞奔走效劳了相当一段时间,然而在这个过程中,随着资历的积累和地位的上升,海因里希·希姆莱自己的野心也很快复苏并活跃起来。施特拉塞接连将其提升为自己的秘书和上普法尔茨省党部副书记。但他并没有对施特拉塞忠贞不贰,而是逐渐向这位老板潜在的竞争对手希特勒逐渐靠近。他亲眼见证过这个年轻的政治野心家的号召力,并因此坚信跟随着他将会是更加有前途的选择。为此,海因里希·希姆莱很快转投到了希特勒身边。而希特勒也没有让他失望,成为了党卫队的副领袖,这就意味着海因里希·希姆莱成为了这颗政治新星身边最亲密的人物。

正如海因里希·希姆莱所想象的那样,纳粹党在希特勒的积极运作下不断更加强大。虽然此时它还无法与执政联盟抗衡,但带来的影响却是不容忽视的。希特勒为了扩充纳粹党的力量,经常组织一些集会活动,其目的就是让更多的民众领略到纳粹党政治主张的优势和特点并支持于它。

处于水深火热的民众仿佛从希特勒和纳粹党那里看到了一线光明,在这种希冀的驱使下,他们自动地将自己与希特勒捆绑在一起,成为了纳粹主义的忠实拥护者,同时也全盘接受了纳粹宣传的论调中那些负面而危险的成分。

纳粹的信徒有着共同的信念——"一荣俱荣,一损俱损"。此时的希特勒是一位事必躬亲的领导者,他每天都要亲自了解纳粹党团的发展情况,甚至包括党卫队和冲锋队士兵的基本生活保障问题。在取得追随者的信任与尊敬之后,也就更加容易让他们效忠于自己并为党团的发展贡献更多的力量。在这种经营策略的引导下,这样一个小的党派在很短的时间内就发展为一支有着几十万成员、影响力超群的政治团体。

希特勒四大爪牙·海因里希

　　为了巩固本党团的地位,希特勒暗中筹划着攻击敌对势力和党派的行动,党卫队也正是在此时开始崭露头角,比起归属于纳粹党集体名下的冲锋队,党卫队对希特勒的命令的执行力是相当高的。而且,在排除异己的行动中也发挥出了比后者更显著的作用。

　　在这一时期,希特勒的政治对手为了抵制纳粹党的嚣张气焰,做出过不少反击的行为, 他们时常向群众散播各种不利于希特勒巩固政权的言论,一些捕风捉影的人也随即将之作为攻击和抵制纳粹的机会加以充分利用, 但这些团体和个人最后无一例外地迎来了海因里希·希姆莱和党卫队残酷的打击报复。

　　此时,从华尔街蔓延而来的经济恐慌并没有消退,希特勒借题发挥,以一副忧国忧民的嘴脸出现在演讲台上,将此时的社会现状归结为政府的无能,他指出:是共和国和这种体制主导下的历届政府毁灭了德国曾经拥有的一切,也将德国人民的生活拖入了如今的泥潭。这种宣传将原本就已经因为外交和内政上缚手缚脚的政府变成了民众怨气发泄的目标。

　　1930 年 3 月,魏玛共和国的最后一届政府因入阁各党在财政亏空问题上分歧不断,最终垮台。这为希特勒提供了有利契机。在魏玛共和国失信于民的时候,希特勒适时地站出来抨击当时的执政党,得到了民众的支持。当时,德国民众强烈希望能有一个果断有力的新政府出现,带领德意志人民走出困顿,走向幸福、安定的生活。

　　在这种情况下,希特勒开始大肆宣扬国家社会主义,向各阶层的人们描绘着未来社会的宏伟蓝图, 做出符合人民愿望的有针对性的慷慨承诺。不得不说,希特勒是一个极富感染力的演说家,擅长捕捉和迎合人们的心理并以适当的措辞给出回应。在他的描绘下,人们似乎终于看到了希望,所以,在这个社会混乱的时期,纳粹信徒因希特勒的鼓吹而暴增。在安抚躁动

的人民之后,他还不忘用自己的纳粹党宣传机器,向人们阐述该党不是一个阶级政党,而是"大众党"。

他极尽讨好之能事,侧重拉拢处于社会中下层地位且具有一定话语权的阶级,以争取得到他们的支持。在他和他的包装团队的经营下,由希特勒发出的这种宣传迎合了大部分德国民众的心理,最终促成了人们的社会心态与舆论倒向纳粹的结果。

然而,面对这种局面,海因里希·希姆莱的心情却是喜忧参半的。他的权力长时间地局限于党卫队领袖范围之内,此时,他颇为急迫地想得到更大的权力,这是令他为之深刻着迷的东西,但是,围绕在希特勒身边的人日渐增多,怎样才能脱颖而出呢? 这已经成为了他的一个难题。为此,海因里希·希姆莱不得不把进一步提升自己在希特勒身边地位的希望寄托在强化和扩大党卫队职能上。

"党卫队的忠诚"是海因里希·希姆莱能打动希特勒的最大筹码。严格来讲,党卫队是属于希特勒的个人近卫武装集团,每一位党卫队分子都是希特勒的狂热追随者,他们始终无条件执行着上级的命令。海因里希·希姆莱告诉自己:若想获取更大的权力,实现自己的心愿,惟有时刻让希特勒感受到党卫队的忠诚,使这一武装集团成为希特勒的心腹和不可或缺的部分。

随着纳粹党在国会选举中不断胜出,希特勒在"总统内阁"当中发言的影响力也愈来愈大。当时的"总统内阁"很多都是一些实业家,他们所代表的仅仅是自己的利益,希特勒擅长言辞的特长在他们面前得到了极大的发挥,争得了不少人的支持。

与此同时, 一些有眼光的议员为德国现存的社会问题感到了担忧,他们一方面强化执行权力,一方面提出改革措施,但对于已经对内阁丧失信

希特勒四大爪牙·海因里希

心的民众而言,他们所做的努力并没有得到支持和认同。相反,希特勒却骗取了人们的信任,之所以造成这种局面,这一方面有纳粹猛烈的宣传攻势的功劳,但更重要的是民间的理性已经被透支到了一个难以为继的底线,充满躁动和急切的心情使人们更渴望一场淋漓尽致的改革,而不是在原有的千疮百孔的制度上徒劳的修修补补。

看尽繁花似锦之后,才知平淡的可贵,但只有经历过了才能体会到其中滋味。此时的德国民众被希特勒推进了一个开满幸福花朵的院落,这里提供了良好的生活环境,让饱受生活压迫的人们看到了美好,但处于其中的人们似乎忘记了这只是一个构建的幻想空间,当没有人再为这个幻想付出的时候,它就会破灭。在希特勒成为德国最高统治者,实施自己的独裁统治之后,人们才真正地从幻想中走出来。

第四章

种族论下的迫害

走狗、屠夫

　　党卫队的名声愈来愈响亮，海因里希·希姆莱的工作可谓是成就斐然。然而，这个他一手拉起的团队越是成长，与冲锋队之间的地位矛盾也就变得愈加明显。

　　冲锋队是早在纳粹党发动啤酒馆政变之前，就已经建立起来的一支隶属于全纳粹党的准军事组织。其在党内受人们接受的程度，远高于被冠以党卫队之名的这支新生力量。而担任冲锋队首脑人物的赫尔曼·戈林与恩斯特·罗姆的资历也凌驾在自己之上。其中戈林不仅是希特勒身边的亲密战友，也是德国上流社会社交圈里的知名人物，为纳粹党争取社会名流和旧贵族的支持立下过汗马功劳。而罗姆更是海因里希·希姆莱曾经的提携者与冲锋队一直以来的执掌者。这无疑直接影响了自己在纳粹党团内部的提升进度，因此，他从党卫队形成规模之后，就产生了将之变为纳粹党内独立部门的想法。

　　然而，事与愿违，党卫队一直无法成为独立的部门。最主要的问题在于这支队伍和冲锋队目前在职能上有着相当大的重叠性，无法让它在希特勒的面前获得特殊的待遇。这让海因里希·希姆莱意识到，如果想要让党卫队获得更多来自希特勒这个最高决策者的青睐，就需要在自身的能力和党卫队功能范围上获得超越和突破。在以往冲锋队那种以打砸拼杀为主的武装

希特勒四大爪牙·海因里希

打手形象基础上,党卫队要更加精益求精,形成一支高效、精锐而有头脑、更加符合作为纳粹党首领的希特勒实际需求的队伍。

为此,海因里希·希姆莱开始行动起来,他利用自己党卫队全国副首领的身份向希特勒多次委婉地谏言,希望能让党卫队在党内活动中发挥更多的作用。当然,此时他还是十分委婉地用了"以协助冲锋队的行动和更佳地保持纳粹党在政治场合活动的形象"作为理由。这恰好迎合了希特勒在当前党团势力壮大的背景下希望加强对党内控制力度的想法,两人可谓一拍即合。党卫队的工作也正式由希特勒的私人保卫集团,升级为了党团的内部监察与控制机构。

为了完成这一任务, 海因里希·希姆莱摩拳擦掌开始招揽情报方面的人才,想要干出一番事业。这时党卫队大校,同时也是他的好友卡尔·冯·爱贝斯坦因爵士向他推荐了一名前海军武官,但海因里希·希姆莱一开始对此反应却并不热烈。因为他的心中始终对去帝国海军应征被拒一事耿耿于怀,所以对海军相关人士的反感也就在情理之中了。正因如此,双方的会面时间一直被他拖延,直到这位求职心切的前任军官,通过爱贝斯坦因男爵多次发来请求,他才与之会面。但是谁也没有想到,这次见面,却为纳粹德国引入了一个在情报方面的帮凶。

这位前任德国海军军人名叫莱因哈特·海德里希, 出生于德国下萨克森州的一座小镇。是一个长相英俊而干练的人,他金发碧眼,从小聪明而性格坚强好胜,深得家人和朋友的喜欢。生平有着广泛的兴趣爱好,如游泳、田径、击剑等都十分擅长。受作曲家父亲的影响,海德里希从小就对音乐表现出了极大的兴趣,尤其在小提琴上面颇具天赋。在他 17 岁的时候,受当时经济环境的影响而不得不放弃学业,进入德国海军。在那里,他因为业务出色而提升得很快。在 1928 年的时候,年仅二十多岁的海德里希已经成为了中尉。但好景不长,因为坚持自己的恋爱对象而拒绝了一位大家族的小姐,因此遭受了对方的打击报复,他被迫离开了海军。突如其来的失业让海德里希的生活陷入了困顿。海德里希的教母在得知他的窘况之后,向其伸出了援助之手,她的儿子爱贝施坦因男爵在纳粹冲锋队当中担任要职,此时与海因里希·希姆莱的会见才得以实现。

这次难得的会面时间被安排在了下午。求职心切的海德里希早早地就来到了海因里希·希姆莱的办公室等待着他的接见。其实,当天海因里希·希姆莱自己并没有什么重要的事情要办,他很乐于用这样的方式来吊一吊有求于己之人的胃口。同时也是为了有限度地玩弄一下自己的权力,好让对方充分意识到这场会面的居高临下。而在见面之后,海因里希·希姆莱对这位面目英武的来访者刁难的兴趣似乎仍然意犹未尽,以一种颇为傲慢的方式对海德里希表示,党卫队需要的是一位"严谨而专业"的情报管理人员。海德里希很小心地表示,自己以前在海军的时候主要是单任通讯官一职的,不知道能否帮上忙。

"我想要的是一位情报方面的专家,如果你觉得自己能胜任此项工作,最好能给我在半小时之内描绘出你的设想,希望你不要让我失望。"海因里希·希姆莱态度严肃地说完这番话便离开了。海德里希有些紧张,这关系到今后自己的生计和前途,毕竟之前他只是一位通讯官,并没有真正地涉及过有关情报系统运作方面的内容。但凭着有限的知识和优秀的组织概念水准,他还是很快向海因里希·希姆莱交上了一张党内情报工作机关的运作蓝图。

当海因里希·希姆莱看到手中的这张蓝图的时候,内心产生了不小的波动。党卫队内虽然也不乏有才干的人士,但是逻辑、理论和组织构架设计能力如此出众的全才却十分罕见,爱才之心超越了以往对于海军的隔膜。

希特勒四大爪牙·海因里希

他当场决定吸收海德里希入党，负责党内的情报工作。之后，莱因哈德·海德里希便以党卫军全国领导机关总部成员的身份进入纳粹党。没过多久，他就被授予了党卫队突击队中队长头衔，由海因里希·希姆莱直接领导，正式开始了他的情报工作生涯。

海因里希·希姆莱对这位下属的能力并不怀疑，他将筹建情报部门的活计全权交由海德里希来处理，尽管到这时为止，这个"部门"还什么都没有。但这并没有让海德里希为之退缩，没过多久，海因里希·希姆莱就从这位新任情报主管手中收到了几本卷宗，这里面记载了当前党内主要成员的详细信息。

从事情报工作的人都是孤独的，他们所从事调查的对象不仅有普通人，也有身居高位的政治对手、公共人物甚至同一团体内的伙伴，因此隐藏自然就成了工作的一个关键原则。慕尼黑土耳其街23号有一栋褐色大厦里，靠近扶梯的一间狭小的房间就是海德里希此时的住处。屋子极为简陋，只有几本他常看的书，以及一些生活必需品。然而就是从这里开始，海德里希一点点地组织起了各种档案和渠道，一手建立起了自己的情报王国。

在莱因哈特·海德里希任突击队中队长期间，他开始从各党卫军单位招揽情报人员。但作为一个走关系上位的无名小卒，几乎没有人愿意追随他。最后，只有三名僚属同他一起搬到了这里，开始了秘密工作。他要求他的助手在任何情况下都不得参加两人以上的商谈，这是从事情报工作最基本的规则。

对工作表现出极大热忱的海德里希，为了将他的部门和团队扩大，开始将用各种方式争取到的人员与资源设法组织起来，并抽调党卫队的检察人员中的精英分子和党内一些旧时期在军方和警界的密探归属到自己的麾下领导，由此形成了一个特别的情报部门，即党卫军保安处。它们就像影子一样前行于党卫军的各个部分,监视着纳粹党内成员的举动。如果发现有反党分子以及敌对党派对己方势力有所行动,那么,他们将在第一时间内做出反击行动,消灭一切反抗力量。

海因里希·希姆莱对他的情报头子那种强劲的事业心赞叹不已,自己也因为有了海德里希的帮助而免去了很多麻烦。所以,他经常鼓励这位得力部下,并不时地给予一些奖赏,而反过来,海德里希的工作成果却也成为了前者在希特勒面前邀功获取晋升的资本,两者相辅相成,合作得颇为默契。

客观来讲,酷爱击剑的莱因哈特·海德里希确实有着敏锐的洞察力和应变能力。犹如幽灵一般的他,似乎有着第六感,大多数时间里都能第一时间揭穿事情的本质。在工作中,他经常批示一些观察对象言论记录,给出的批语有时看起来十分跳脱和主观。当海因里希·希姆莱过问这些批示可有考证过的时候,他说他的感觉不会欺骗他,而事实也证明,海德里希绝大多数时候的判断是正确的。

事实上对于海因里希·希姆莱自己而言,海德里希对他来说最大的价值,在于他充分地从党卫队这个单位自身出发,去考虑了它以及作为其主人的海因里希·希姆莱在未来的纳粹党的发展过程中,应当去争取和担当的责任与工作。他认为,党卫队中的情报部门应当接管党内和国内的警察力量和检查机构,并将之整合成一个严密高效的整体,在这个监视系统的控制下,德国境内的每个角落都能够处于纳粹党的掌控范围内,而能够执行这一监控权力的只有党卫军全国领袖的保安处一家,而它的执掌者,就是海因里希·希姆莱和听命于其的海德里希自己。

这样一支监控全国的警察力量在行动模式上与以往的所有警察截然不同。旧时代的警察力量所作的只能是在问题出现之后被动去应对和挽

希特勒四大爪牙·海因里希

救,控制情况不要向更严重的方向发展,或者在糟糕的结果已经形成之后收拾局面。而海德里希设想的警察,则是有防患于未然的主动行动权限,以求将反纳粹的思想扼杀在萌芽当中,这也就意味着敌人哪怕仅仅是存在构成威胁的可能性,在没有做出任何不利于纳粹政党的事情之前就已经被消灭掉了。警察将从此不再受当局政权的干预,成为超越对内情报和安保部门的综合性存在,完成纳粹党所需要的一切稳定和控制工作。

显而易见,这是一个前所未有的超级权力垄断体,它大大超越了海因里希·希姆莱原本对于党卫队和情报部门未来发展程度的期望,他不由得为海德里希的大胆,同时也为这种预见的结果所意味的权力深深吸引。因此给予了海德里希全力支持,并按照后者的规划开始从希特勒的手中尽可能索取基于党卫队建立党内警察力量的控制和编制权。

应该说,海德里希的工作是卓有成效的。1931 年 4 月初,柏林的冲锋队军官瓦尔特·史坦斯带头叛乱,同样位于柏林的党卫队基于精准的情报迅速出动,对其进行了镇压,平息了事件。此事件后,希特勒给予了党卫队独立于冲锋队的自由性和作为党内警察的职责,任命海因里希·希姆莱为纳粹党党部的总警备。

1931 年的德国政局相当微妙,纳粹党已经成为了德国议会的第二大党,它的迅速崛起引起了德国政府的恐慌,各地政治警察对纳粹党的监视也开始频繁起来。为了瓦解纳粹党的势力,其他党派开始秘密调查纳粹内部的丑闻,试图以此打击纳粹的嚣张气焰。但德国官方负责调查纳粹内部丑闻的劳歇和杜穆林没有很好地将这一行动隐蔽起来,在没有独立可靠的情报网的前提下,他们只能依靠收买冲锋队的方式来收集情报。没过多久,两个冲锋队原属的情报机构就被媒体曝光。因海德里希始终将保安处置于一个不起眼的角落里,使人们很难发现它的实际存在价值。慕尼黑警察局政治处只知道有这样一个人,但却不清楚他具体的职责。

海德里希显然是一个难得的精明之人,但是他的忠诚却是有限的。从一开始,他就从业务上杜绝了海因里希·希姆莱介入自己团队和情报系统的可能。因此,海因里希·希姆莱每次只能从海德里希那里获取有关的情报,但并不清楚他的部下是如何获取情报的。狡猾的海德里希不仅对外保密自己的工作性质,在党内也是极其低调的,深居简出的他给人一种神秘感。

对海因里希·希姆莱,他只在表面上保持着绝对的服从和尊重,但在私底下却并没有表面表现得那么毕恭毕敬。在海德里希的眼中,他的上司就是一个头脑简单的妄想狂,他根本就没有将海因里希·希姆莱放在眼里。虽然如此,他还是没有放弃这棵可以依靠的大树,因为他明白,自己需要借助海因里希·希姆莱的威望来攫取权力。

1932 年 8 月 13 日,总统兴登堡召见希特勒,并希望希特勒能与佛朗茨·冯·巴本联合组建政府,但这根本就不是希特勒想要的。所以,他断然拒绝了,并扬言要成为最大政党的领袖,总揽整个国家的权利,但遭到了兴登堡的强烈谴责。就在这时,另外两大党派领袖帕彭和施莱歇尔之间的矛盾不断激化,这让希特勒从中得到了实惠。一个以保守派和纳粹集团为联盟的,所谓的"民族团结"的联合政府就此诞生了。

临近的硝烟与血腥

如果把第二次世界大战爆发比喻成是一次突然而猛烈的爆炸，那么，从1932年至1938年的几年间，就是纳粹德国为这颗炸弹点火的准备阶段。1933年，希特勒掌权以后，很快便着手内部整肃，除此之外，他还对德国经济实施了全面性改革，将经济命脉牢牢握于手中，使经济发展符合政治需要，也为扩军备战做好前期准备。在这一时期，德国的政治内部异常动荡，人事更迭频繁。

没有人能够一生都走在坦途之上，纳粹党的崛起并没有让海因里希·希姆莱顺风得势，相反，正当多数纳粹党徒被委以重任时，他却一直没能迎来重用。一直到当年的3月9日，在巴伐利亚总理海因里希·海德被罢除职务后，海因里希·希姆莱被任命为慕尼黑警察局局长。虽然当时这并不是一个十足的美差，甚至不为多数人看重，但海因里希·希姆莱却并不介意。此时此刻，争权夺势已经进入了一个新的阶段，对于希特勒来说，在当年的选举中为他拉取支持的戈林等人的价值已经不再显著了。接下来的，就是属于纳粹内部权力斗争的时间，而这，恰好是海因里希·希姆莱和手下干将海德里希的专长。

很快，海因里希·希姆莱便任命莱因哈特·海德里希为第6部部长，主要负责打击并消灭纳粹党的政治敌人。为了更好地处置这些政治犯，他建造了达豪集中营,它也是纳粹德国的第一座集中营。

　　用人间地狱来形容达豪集中营是决不为过的,在这里,犯人们承受着前所未有的身心折磨。为了从这些人身上获取有价值的信息,海因里希·希姆莱经常亲临集中营参与审讯并鼓励手下利用各种各样的刑讯方式摧毁犯人的意志。外表斯文的他常让人产生心慈面善的错觉,事实上,他对人性的蔑视和践踏程度足以令人发指。随着越来越多的人在政治动荡期受到迫害,对纳粹进行报复的民间活动也频频出现。为此,希特勒越发担心起自身的安全问题,他虽然出身军队,但是受德国军政分离的传统影响,国防军内部缺少其亲信,思来想去,他决定让海因里希·希姆莱组织一个党卫队精锐团体,换言之,希特勒需要一支自己的私人准军事化卫队,这支卫队便是后来著名的希特勒警卫旗队装甲师的前身,约瑟夫·迪特里成为了它的第一任指挥官。这位新上任的指挥官似乎只抱着保护希特勒的决心,却对于卫队创始人海因里希·希姆莱全无上下级之间应有的尊重,二人之间的矛盾也便由此产生,在许多公开或私下的场合,他们常因指挥权问题争得面红耳赤,不过在这一时期,类似的事情还只是党卫队这个小圈子内无伤大雅的矛盾。

　　1934年初,海因里希·希姆莱已拥有除普鲁士自由州与绍姆堡－利佩州外的所有德国境内警察部门的指挥权,这个统辖范围听上去似乎很大,但事实上仅普鲁士自由州一个区域就占去了德国土地面积的一半左右,所以,海因里希·希姆莱并不满足于当前的地位和权力,他知道,前方的绊脚石还很多,路是漫长的。当时,控制着自由州警察部门和盖世太保的人是赫尔曼·戈林,希特勒的另一大心腹。他一直担心海因里希·希姆莱和海德里希会将势力范围扩大到自己的地盘,为了巩固自己的地位,戈林曾利用盖世太保的力量打压海德里希,但是被海因里希·希姆莱利用职权阻止了。

希特勒四大爪牙·海因里希

　　作为对戈林的反击，海因里希·希姆莱搜罗证据，向兴登堡总统告发了盖世太保的创始人鲁道夫·迪尔斯的种种丑闻，以此来攻击戈林派系的人马。与此同时，戈林的另一个政敌罗姆，其势力也在快速扩张，他所领导的冲锋队对戈林造成了巨大的威胁，面对来势汹汹的两个敌人，戈林最终选择利用和联合同样在党内仅忠于希特勒的海因里希·希姆莱来打击罗姆。4月，戈林在盖世太保内部增设了一个新的职位，即"盖世太保监查官与代理指挥官"，担任该职的不是别人，正是海因里希·希姆莱，这个位置的出现，意味着海因里希·希姆莱已经从戈林的手中基本拿到了他觊觎已久的盖世太保的控制权。

　　为了在盖世太保内部扎下根基，海因里希·希姆莱上任后不久便将原局长免职，接替该职位的是他的心腹海德里希。戈林的影响力被迅速淡化，转而由精明强干的海德里希重新整顿组织，让盖世太保在短时间内的面貌与人事结构焕然一新，真正成为了他和海因里希·希姆莱的囊中之物。

　　事业蒸蒸日上的海因里希·希姆莱踌躇满志，此时的他已然成为希特勒最为信任的人之一。万事万物的运行轨迹从来都不是单行线，就在海因里希·希姆莱春风得意之时，作为希特勒党内人气方面最大竞争对手的罗姆正为冲锋队极力争取代替正规军的机会。这引起了原本对希特勒这位出身军方的新总理寄予厚望的国防军的极大不满，国防军十分抵制罗姆强行将冲锋队与国防军合并甚至取代后者的提案，这无疑将助涨罗姆自己的势力而让国防军当权派受到挤压。希特勒对此也颇为不悦，但是一方面，他对罗姆有一段战友情，另一方面，国防军在历史上和德国民众心中的地位也不容撼动，为此他数次出面调解两者之间的矛盾，但是罗姆一意孤行，这让希特勒陷入了两难的境地。

　　作为希特勒的亲信，海因里希·希姆莱也同样感到非常焦虑，毕竟罗姆

是曾提拔重用过他的上级。看到海因里希·希姆莱迟迟不肯表态，海德里希感到了他的犹豫，他向前者讲明厉害，并表示：如果错失时机让罗姆掌握主动，他绝不会对你我留情，为了党卫队和希特勒的未来，罗姆这个人不能留。这句话犹如一把锋利的长刀，斩断了海因里希·希姆莱所有的顾虑，助其下定决心采取行动。

一失足成千古恨，再回首已百年身。罗姆终于为他的傲慢和执着付出了代价。在与国防军领导人的谈判中，他坚决否认国防军是全德国唯一的武装部队，甚至在希特勒的调解之下，他仍然固执己见。这让希特勒非常不满，虽然碍于多年的交情而没有对罗姆过多追究，但裂痕已经在两人之间埋了下来。

不识时务的罗姆此时并没有意识到自己的危险处境，他依然在我行我素地扩大着冲锋队的权力，这种行为令希特勒的忍耐渐渐到达了极限，而海因里希·希姆莱正虎视眈眈，随时准备抓住机会对罗姆下手。很快，在戈林的帮助下，海因里希·希姆莱拟定了一份名单，该名单中列出众多需要铲除的冲锋队队员的名字。另外，罗姆曾在一次激烈的争论中宣称，希特勒言而无信，自己要撇开他单干。海因里希·希姆莱便以罗姆这个不负责任的言论为契机，捏造出他打算反叛的证据。希特勒得知后，大为震怒，最终下令党卫队除掉罗姆。1934 年 6 月 30 日晚，这个后来被人们称为"长刀之夜"的夜晚，党卫队冲进罗姆的住所，将其当场杀害，除此之外，冲锋队的领袖以及所有纳粹潜在的敌人，统统在这个血腥之夜走到生命的尽头。

大清洗行动中，党卫队立了头功，作为奖励，希特勒将其升格为纳粹党内的一个独立组织，并享有专门预算支持的武装特权。在此之后，这个组织帮助希特勒更加有效地控制着纳粹党及军队，海因里希·希姆莱也因此备受希特勒的赏识，无论是在党内会议，还是在私下里，希特勒都曾多次给予

希特勒四大爪牙·海因里希

他极高的赞誉，而海因里希·希姆莱的党卫军也顺理成章地成为了纳粹德国体制内规模上仅次于军队的一支武装力量。

战斗中的胜利者最终收获了战利品，罗姆死后，德国的全部集中营都由海因里希·希姆莱管理，毫无疑问，这些集中营的所有管理者皆由其亲信担任，自囚犯身上榨取到的钱财也大部分落入到了这些人的手中。政治羽翼的日渐丰满使海因里希·希姆莱这个暴虐的猎食者更具攻击力，等待着人们的，将是越来越多的悲剧。

解决了党内的有力竞争者，作为纳粹首脑的希特勒，终于能无所顾忌地独揽大权了。在他的努力和对军方许诺的诸如恢复军队规模和社会地位等等好处的诱惑下，一些高级军官纷纷投入其怀抱。1934 年 8 月，希特勒终于如愿以偿，成为了德国元首。一个即将摧毁世界安宁的恐怖制造者，就这样堂而皇之地登上了历史的舞台。

1935 年 4 月，欧洲的寒冬已经完全过去，鸟飞虫吟，水流花开，在这一切美好的景象深处，一只罪恶的手正准备抹去它全部的色彩。为独揽大权，希特勒取消了内阁例会，实行领袖制，将内阁成员逐渐纳粹化。1935 年，纳粹政府颁布了《乡镇法》，彻底废除了地方自治的传统，这是希特勒对内加强统治的政策中比较典型的几种，而对外，摆在希特勒眼前的首要任务就是利用一切手段造势，以此迷惑德国在欧洲的对手。当然，这个手段必须是大力度而有说服力的，他先是宣布支持裁军计划，再以和平的宣传来迷惑敌人。与此同时，努力寻找突破口，将全部对手的实力进行仔细地对比分析，找出他们的弱点已确认下手的对象。5 月，在国会上，希特勒发表了"和平演说"。

演讲一直是希特勒引以为豪的才能之一，一旦进入演讲状态，他的全部热情与力量似乎都被激发出来了，全情的投入，再加上犀利的言辞，无论对于什么样的对象都有着不弱的心理影响力。这一次,他再度通过欺骗性的宣传达到了自己的目的,不仅让德国人民对他深信不疑,使其支持并忠心于自己,而且还得到了国外人士的一致好评,给世人留下了深刻的印象。

就在希特勒发表这一重要演说的前一天,美国总统罗斯福将一封亲手撰写的信函发给了几十个国家的元首。这封信的大致内容就是以和平为主线,详细说明了美国为此做出的努力,特别是在裁军方面,有哪些实质性动作,同时,提出他对未来的计划以及希望,其中最重要的一个提议,就是将一切进攻性武器废除。希特勒意识到这是一个做戏的良机,很快予以响应,并加以充分利用。1925 年,包括英国、法国、德国在内的七国代表曾签订了《洛迦诺条约》,此条约包括如下内容:德国、法国、比利时要保证德国与法国、德国与比利时的边界安全,互不侵犯;各方必须遵守《凡尔赛和约》上的内容。也就是说,莱茵区不得成为军事化区域;如果发生争端,不能动用武力,需要通过外交途径来进行解决。

从表面上看,《洛迦诺条约》是为了欧洲的和平发展,但实质上,它是英国和法国的计策。两国的最终目的是要把战后德国西部边界先固定住,而后使德国只能向东方寻求土地和资源。和他们推测的一样,希特勒掌权之后,并没有信守承诺进行裁军,而是反过来加大了军费的预算比例。1935 年的春天,他将德国的国防军由 10 万人扩充到了 30 万人。此举目的明显,引起了许多国家的强烈不满,特别是英国、法国和意大利,它们几乎在第一时间向希特勒提出抗议,与此同时,三国召开紧急会议,并达成共同防御协定。

然而,这些看似具有一定威慑力的举动,对纳粹德国却没有产生实质性结果。所谓的协定只不过是纸上谈兵,并未真正得到实施,各国之间信任度很低,不仅各怀心事,而且还在暗地里勾心斗角。很显然,英、法等国此时

希特勒四大爪牙·海因里希

并没有意识到这种行为对未来可能造成的后果，或者，并未对未来抱以更坏的打算。总而言之，无论出于何种原因，他们错过了团结起来抵制纳粹德国的机会。不久，英国成为了第一个退缩者，并与纳粹德国政府单独签订了海军协定。

希特勒冒天下之大不韪，擅自扩充军队，虽然引起了世界舆论的强烈反应，但并未受到任何制裁。这让他清楚地认识到，机会再一次摆在了自己面前，冒似团结的各国与他昔日的政敌一样，其实都不堪一击。他坚信按照这种势头，在没有触及这几个国家的切身利益之前，无论做了什么，只要纳粹能够把既成事实摆在各国面前，这些人就会束手无策。

接下来，希特勒采取了更为大胆的行动，1936 年，他派兵 3 万进驻莱茵非军事区，在德国西部边界修筑防御工事，并悍然宣布《洛伽诺公约》无效。这一连串的举动，又一次引发了各国的强烈不满，事实上，此时德国军力仍然较弱，只要各国能够联合起来，拿出切实有效的抵制方法，希特勒必定会见势回缩，收敛锋芒。遗憾的是，同上次一样，这些国家只是发出了微弱的抗议声，并未采取任何对抗措施。事实证明，希特勒的判断是正确的。各国的反应助长了他的嚣张气焰，使其加快了向外扩张的步伐。

控制一切

　　这段时间,幸运之神仿佛牵起了希特勒的手,助他在权力的道路上扶摇直上,而如今,海因里希·希姆莱似乎也感受到了神的眷顾。6月17日,他正式被任命为全德国的警察总长,大权在握,这才是他设想中的地位。成为警察总长后,海因里希·希姆莱做的第一件事就是改编警察机关的制度,将党卫队的亲信安插其中。这是贯彻海德里希对于"超存在的警察力量"这种概念的一种体现。

　　紧接着,他又把盖世太保与刑事警察合二为一,命名为保安警察,这是一个非常重要的机构,指挥官为莱因哈特·海德里希。10月,特务部队总监的人选也已定下,是他的另一个亲信豪塞尔。

　　为了加大集中营的管理力度,他又将骷髅队和警察进行了严格的军事化训练,使之成为更加恐怖的纳粹工具,而这两个部门就是后来的骷髅师与警察师的前身。

　　纳粹占尽了天时地利人和,这棵毒芽苗壮成长起来。希特勒一边下大力气建立自己的独裁专政,一边又为扩充军备力量猛抓经济建设。客观地说,不单单是他的外交能力使他在头几年获得成功,德国经济的快速恢复及发展,也是他政治上成功的基础。

　　在经济出现严重危机的大背景下,希特勒有效地利用了这一机会,从

希特勒四大爪牙·海因里希

经济与社会两方面入手，争取到了人民的好感和支持，他曾制定纳粹党的经济纲领。下令在慕尼黑设立经济政策处和经济学科处。

希特勒为了政治上的需求，在经济危机时，经常以机会主义的态度，对纳粹党内不同的人加以利用。除此之外，还针对各个群体宣传自己的经济主张，宣传内容看似不同，但其实质却是统一的。

若想发展壮大，经济命脉必须牢牢抓在手中。1936 年，戈林被任命为了纳粹经济政策的制定者。讽刺的是，他几乎没有经济管理方面的经验，但他总算牢牢抓住了未来经济服务对象的本质。在他的统领下，四年计划开始实行，德国的经济开始向总体战争经济过渡。四年计划的目的是要使四年之后的德国，在经济上能够自给自足，这样一来，战时的封锁就不会使德国陷入窒息的危险之中。

世界仿佛又回归了安静，然而，罪恶却在悄悄地酝酿之中，随着时间的流逝，这些蓄谋已久的罪恶终会爆发。希特勒在重工业纳入战争轨道的同时，也没有忘记作为后盾的农业。事实上，多年来，纳粹党一直在为取得农民的支持下功夫，而希特勒策划战争的脚步也从未停息。

1936 年，世界性经济危机的余威仍然在德国的土地上持续发酵着，这场危机让国际贸易遭遇了前所未有的疲软与干旱。昔日滔滔的贸易往来在经济危机的压迫下变成了涓涓细流，这使得德国的工业生产持续倒退，人民的生活越来越不安定，国内阶级矛盾日益激化，种种现象刺激了垄断资产阶级对外扩张的野心。

他们认为，唯有扩张与掠夺才能有生存的希望和发展的空间，德意志民族绝不能被经济危机打败，必须要想尽一切办法寻找出路。于是，希特勒争霸世界的主张很快得到了垄断资产阶级的赞成。仅仅有这一想法还远远不够，发动战争本身就需要巨额金钱。而此时的德国正处于前所未有的经

济困境,国力日渐衰落,为了达到目的,他们很快找到了解决问题的办法,那就是将贪婪的双手伸向富有的犹太族裔。

当时,德国的政治环境完全处于混乱和极端的状态,公民的生活难以获得保障,德国本土的大资产阶级面对商场上头脑灵活善于经商的犹太族裔对手感受到了很大的竞争压力,加上社会种族威胁论在社会经济双重危机的作用下使人们将矛头对准了犹太人群体,这也是希特勒对犹太人下手的重要原因之一。

希特勒上台后,为了他的政治目的,立即发动了骇人听闻的反犹太人暴行,自此,弥漫德国社会已久的反犹太民族主义情绪终于从台下走上了台前,甚至成为了法律的一部分。

在希特勒看来,犹太人对于世界不仅全无贡献,而且还在不断地通过投机钻营来窃取普通人的正常利益,他们应当为此而付出代价。而随着地位的升高,眼界的放宽,苏联人、波兰人也相继成为了他心中潜在的敌对对象。权势之路的一帆风顺和德国民族主义的高涨,让希特勒内心对于其他民族有着显著的鄙夷与蔑视,这些地方的人民受到与德国人同等的正规教育,更是被认为是种无法忍受的侮辱。

在当权者的推动下,反犹的浪潮在德国被越掀越高,在纳粹党代表大会上,与会人员曾一致通过了两部反犹法,它们分别是《帝国公民身份法》、《保护日耳曼血统及德国荣誉法》。这两部法构成了反犹的基本法,人们将其称为纳粹的纽伦堡法。在随后的几年中,纳粹政权又根据需要先后制定了13个补充法令来完善该法律。比如,普鲁士州内政部密令下属不得再给犹太人发放护照,也不准犹太人更改名字。

在整个社会已经弥漫着反犹气氛的情况下,药房不把药卖给犹太人,旅馆也不让犹太人住宿,到处都竖立着各种反犹标语和标牌,比如:本市严

希特勒四大爪牙·海因里希

禁犹太人入境等。这些言论具有极大的侮辱性。但是纳粹政权当道,在德国的犹太人为了生存敢怒不敢言,只能忍气吞声,希望能熬过这段灰暗的日子,等到经济危机度过。但人们想象不到的是,在此之后的更长时间里,更加匪夷所思的残害行为正在等待着他们。

纳粹对犹太人进行大肆的迫害,先后出现三个阶段:第一个阶段是希特勒刚刚夺取政权后的几年间。第二个阶段是从1939年到1941年间。第三个阶段是从1941年到1945年。特别是到了第三个阶段,纳粹对占领区所有的犹太人几乎进行了灭绝式的屠杀。

说到对犹太人的迫害,就不得不提纳粹德国集中营。它是一种与监狱非常相似的大型关押设施,这里的犯人与外界彻底隔绝,他们是与纳粹为敌或可能成为纳粹敌人的人,除此之外,还有一些特定种族或政治信仰的人。

集中营与监狱不同的是,关押者只是由于特定的身份或做出有悖于纳粹意愿的行为便被拘留至此。在这儿,没有公正可言,更无法制存在,有的只是强权和无条件服从,至于拘留期限,则为不确定或无限期。在整个"二战"期间,纳粹德国建立了众多的集中营,关押至此的犯人可谓九死一生,因此人们也称它为"死亡营"。纳粹在集中营做出了许多反人类的恶行,其中包括大规模屠杀、人体试验等。

根据历史记载,1932年至1938年之间,纳粹德国就已经建造了五个规模巨大的主要集中营。它们分别是达豪集中营、萨克森豪森集中营、布痕瓦尔德集中营、拉文斯布吕克妇女集中营和毛特豪森集中营。分别根据所在地区和其职能来各自"处理"被抓入其中的受害者。

达豪集中营的建造者就是海因里希·希姆莱,这里先后关押了21万人左右,其中有犹太平民和德国战俘等,数万人的生命终结于此。萨克森豪森同样是海因里希·希姆莱的手笔,它距离柏林较近,是所有集中营的指挥总部,其占地面积达 400 余公顷,在众多的集中营中,它拥有最高的现代化水平,曾关押过来自欧洲各个国家的共产党人、犹太人、战俘等,这些人中有半数以上的人死于苦役、疾病或枪杀。布痕瓦尔德集中营建于 1937 年,曾关押过德国共产党主席台尔曼,并将其杀害,另有超过 5 万人死于屠杀。拉文斯布吕克妇女集中营始建于 1938 年,曾关押 13 余万妇女和儿童,犯人从事超负荷的体力劳动以及被用于医学试验,数万人死于该集中营。毛特豪森集中营是在纳粹德国吞并奥地利以后建造而成,犯人有奥地利犹太人、反纳粹人士以及平民,据史料记载,曾有至少 5 名中国人在此遇难,如今,在毛特豪森旧址的纪念碑上还镌刻着:"纪念在此集中营遇难的中国同胞"字样。

希特勒四大爪牙·海因里希

走上罪孽的巅峰

第二次世界大战之前及其过程中,约有 600 万犹太人遭到了纳粹灭绝人性的屠杀。腥风血雨随着纳粹战车履带所到之处,漫洒几乎整个欧洲大陆。希特勒的反犹思想为犹太人带去了灭顶之灾。由于德国"一战"后社会贫富差距的增大和种族优劣论的宣传,使他偏执地认为犹太人对于德国的民族纯洁性有碍,加上当时犹太裔德国人在经济领域占有着非常重要的地位,使德国本土的大资产阶级也日益感受到了来自这一群体的威胁。

自从罗姆死后,作为执政党领袖的希特勒,更加大幅度地摆脱了原先所谓的社会主义者的形象束缚,向大资产阶级和垄断资本家们更快地靠拢过去,并与之达成了在经济领域和社会政策上的多种默契。而针对犹太人的指控与迫害也是受到这些资本巨头的支持与肯定的,这些因素下,希特勒领导的纳粹党将犹太人选为了自己登上民族主义领导者宝座的祭品。

在纳粹的宣传中,犹太人族群被泼上了许多污水,他们宣称这些人的存在窃取了德国和世界经济的果实,是不利于人类文明的发展的蛀虫和骗子。但事实上,犹太人在历史上一直都是凭借勤劳和智慧被人所称道的民族,且具有极强的适应力。数千年来,他们的存在不但没有阻碍文明发展进程,反而对世界文明做出了突出的贡献。即便是在德国本土,历史上也有众多的科学家、医生、学者、商业家等受人尊敬甚至不可或缺的社会人士都是犹太族裔。

不仅仅是德国，放眼欧洲各地，二十世纪以来许多著名的科学家、文学家和艺术家皆为犹太人，如爱因斯坦、海涅、门德尔松、毕加索等。另外，诺贝尔经济奖项有近三分之一的获得者为犹太人。反对犹太人的存在就如同反对其他人种在世界上存在一样荒谬而野蛮。希特勒上台以后，在政治上，宣称民主主义以及马克思主义祸根皆由犹太人培植而成，并将早期的德国激进共产主义运动偷换概念，作为犹太人与共产主义者祸乱德国的例证。将国内的阶级矛盾成功地转移至反犹运动之中，而与此同时，他也趁舆论和民间思想支持的便利条件，驱使着手下的爪牙四处迫害犹太商人。从他们手中直接或间接攫夺资产与土地等利益，充当纳粹党的收益和进行各种非官方组织活动的资金。而被剥夺了一切的犹太人则被打上了异民族的标签，在社会上继续受到歧视压迫，最终成为了集中营里饱受摧残的囚徒。

一切无妄之灾都不是没有缘由的。在提出犹太威胁论的希特勒的身旁，总能看到海因里希·希姆莱的身影。海因里希·希姆莱在对犹太人进行迫害和杀戮的过程中，从未感到过愧疚和不适应。他执掌党卫军，但是却从来没拥有过军人视为生命的荣誉感和使命感，对平民甚至妇孺开刀也许会令一些曾经上过战场或怀有普鲁士骑士精神的军人为之不齿，对于海因里希·希姆莱来说，犹太人只是可以令自己从他们身上榨取利益和对当前的主人希特勒表示忠诚的消费品，仅此而已。

海因里希·希姆莱反异族思想的形成基本上始于大学毕业后的一段时期。事实上，早在海因里希·希姆莱上大学时，就已经成为了种族学和相关社会论调的拥护者。第一次接触明确的反犹主义是在希特勒的《我的奋斗》一书中，里面的这样一段话曾深深吸引了他："人类文明发展至今，所有的文化、艺术以及科技领域取得的成就，都离不开雅利安人的贡献。血统不纯以及由此带来的种族水平降低，是破坏人类文明的根本原因，也是唯一原因。看看吧，杂交的犹太人，他们每天都在污染我们民族的血液。想想吧，若想将这些污秽排出血液需要几百年，甚至更久，也许这毒素还会永远留在本该纯净的血液之中。再想一想吧，种族的解体已消灭了我们民族中最后的雅利安人的价值，使我们传承文明的能力虚弱下去。"

这一番充斥着煽动性和污蔑性的言论就像一粒种子，扎根在海因里希·希姆莱内心的土壤中，伺机破土。受民族运动和当时一些社会著作的影响，海因里希·希姆莱形成了一个以农业为主要标志的社会概念。在这一时期，他从自身学习的农业专业出发，认为农业才是维持德国发展和社会稳定的根源与关键，甚至还一度与朋友合伙经营了一块小农田。但是因为经营不善，最终从事农业的想法以失败告终。

海因里希·希姆莱认为，正是这批以犹太人为主的粮商和副食品商人，煽动了城市居民反对农产品过多地为农民制造利润。由他们把控的投机与操纵交易成为了为这些人牟利的工具，不仅扰乱了农民的正常生活，也威胁到了农民群体和被海因里希·希姆莱本人视为德国社会根本组成结构的农业生产。乡下人的收入微薄，城里人开支巨大，巨额的中间利润全部进入犹太人的腰包，在海因里希·希姆莱的意识中，犹太人成为了农民阶级的头号敌人。这便是他反犹思想的形成时期。

一个错误的认识或选择常把人引入歧途，但是原本就心术不正的人，可能还会在这种错误与误解的基础上，刻意推波助澜地将之"发扬光大"。海因里希·希姆莱在希特勒针对犹太人的前提下，通过揣摩他的心思，同时，鉴于苏联当前是国际共产主义的大本营和主要代表，他提出了对斯拉夫民族的敌视思想。这并不仅仅是扩大了对犹太人的迫害而已，由于苏联在当时对国内采取强制公社和战时经济体制造成了其农民阶级利益受到了一定的损害,这恰好与海因里希·希姆莱对于农业发展的概念产生了联系。

他认为,德国的农民阶级实际上是受到了犹太中间商和以斯拉夫民族为主要靠山的共产主义者的双重威胁,只有与纳粹党这类"自由主义者"团结起来战胜斯拉夫人,才能更好地保护自己。该观点在日后成为了第三帝国反犹和反斯拉夫人的基本思想。

在反犹思想形成以后,海因里希·希姆莱对三部作品产生了浓厚的兴趣,它们分别是《十九世纪的基础》、《论人种之不平等》和《二十世纪的神话》。三本书的共同点是,都认为人种的价值是不平等的,北欧的条顿人被确定为最优秀的人种,而人种杂交则会使人类退化。虽然三本书有相互剽窃之嫌,但海因里希·希姆莱却如获至宝,每天苦心钻研,并不失时机地向周围人宣讲反犹论。他将书中的非人道种族理论全盘吸收,并从中受到启发和鼓舞,其变态思想终于有了可以依附的"理论"依据。

成为纳粹党徒以后,海因里希·希姆莱为了配合希特勒的大日耳曼民族主义,甚至编造出一个亚特兰蒂斯的神话。谎称在这个世界上,没有一个民族比日耳曼民族更为出色,德国人是最优秀的民族的后裔。

传说与神话就像从远古时代发出的信息,让现代人为之着迷。它们大都表达了人们对美好生活的向往以及对高尚情操的歌颂。但海因里希·希姆莱编造的亚特兰蒂斯神话却是一个充斥着牵强和刻意编织的内容的宣传工具,希特勒荒唐的"繁殖计划",就是在这种单方面制造的偏信基础之上诞生的。

该神话源自于一本名为《冰盖理论》的书籍。书的作者为人们讲述了这样一则故事:在神秘而浩瀚的太空中,存在一种高级生命,即"超级人种",他们曾经生活在某个未知的星球,但不知出于何故,其中的一个超级人种

希特勒四大爪牙·海因里希

被驱逐出境,他乘坐神秘的飞行器来到地球,着陆于古老的亚特兰蒂斯岛,并为那里带去了最先进的科技与最进步的文明。而后,亚特兰蒂斯发生了一次毁灭性的大地震,一部分幸运的人乘船逃离,而剩下的人则隐于地壳深处,为了躲避接连出现的天灾,他们一直未重返地面。这些人在等待,等待一个有利的时机重返家园,那么,什么是有利时机呢?即地球文明和科技发展到了一定的高度。他们返回地面后,会选择一个发达国家制造飞行器,以帮助其飞往太空中那个曾经的家园。海因里希·希姆莱为这本书着迷,并坚信德国人就是拥有纯正血流的超级雅利安人,即超级人种的后代,德国人有义务造出高级飞行器,完成祖先重返太空的心愿。

第五章

集中营批发商

丧心病狂的种族计划

　　在这个世界上，总有人会相信谎言，并成为它忠实的追随者。而作为谎言的制造者，则希望所有人都被蒙在鼓里。在自己所编制的谎言之下，海因里希·希姆莱宣称在德国可以找到亚特兰蒂斯最优秀的后人，甚至帮助希特勒炮制出了令人匪夷所思的"繁殖计划"，该计划又被称为"生命之源计划"。它以造就优等民族为目的，指出"超级人种"的后裔雅利安民族是日耳曼民族的祖先。为了给希特勒和所谓"未来的第三帝国"提供更多的优秀的国民，也为了"防止劣等民族主宰未来的世界"。该计划被拟定以后，于1935 年迅速开始实施。

　　对种族优越性的狂热迷信，已使原本将之仅仅视为宣传手段的希特勒为之着了魔。他命海因里希·希姆莱亲自指挥这场反人性的造人运动，很快，"育婴农场"建成了，它是一个违反了几乎所有自然状态下繁育过程和伦理的计划。海因里希·希姆莱声称雅利安人的外部特点为碧蓝的双眼、金黄色头发，因此，大量的具有这一特征的妇女被作为育种工具而召集到了育婴农场，与她们发生关系的都是族裔和思想都经过严格筛选的党卫军军官。这些被灌输了大量种族思维的德国妇女认为此举充分体现了自己的爱国之心，以能够为第三帝国生产优秀后代而感到骄傲。当时在这里参与计划的妇女和出生的孩子的全部信息是被保密的，据战后统计，该育婴农场里,大约有 7000 名左右的婴儿降生。

另外,曾被纳粹德国占领的其他欧洲国家也有过类似的设施。与纳粹德国育婴场不同的是,这里的妇女大都是被强迫而来,另有一些穷困潦倒的平民和妓女,为了填饱肚子或活下去而进入了这些机构。在占领挪威期间,希特勒曾认为挪威斯堪的纳维亚人的血统极为纯净,故命其部下尽可能与挪威妇女"造人",被迫与德军发生关系后,这些挪威妇女大多患有不同程度的精神类疾病,而她们的孩子有半数以上者为智商低下患者。据相关资料记载,这一时期,有至少 8000 名"雅利安婴儿"在德国以外的欧洲地区降生。

造人运动进行到最疯狂的时期,海因里希·希姆莱甚至提出,纳粹党徒中谁生的孩子多,谁就可以被快速提拔。十月怀胎,一朝分娩,对于纳粹而言,十个月未免等得太久,为了在最短的时间内达到壮大优秀种族队伍的目的,海因里希·希姆莱干脆命令手下直接绑架沦陷区内具有雅利安血统及其特征的人,无论他来自于哪个国家,只要是金发碧眼的儿童,就要被抢来送给德国人抚养,将其培养成德国未来需要的人才。

"二战"期间,被德国占领的国家中,有近 25 万儿童成为牺牲品。海因里希·希姆莱曾一度对"生命之源"计划充满期待,他曾预想,从 1935 年之后的 40 多年间,将会有 1.2 亿雅利安后代被纳粹"制造"出来。壮大德国所谓的"纯血"族群,为未来延续"神族血脉"做准备。

直到"二战"结束为止,数以万计的婴儿以不该有的方式降临人间,他们是纳粹人种试验的"产物",也是第二次世界大战留给历史的一声沉重的叹息。这些孩子有的一出生,就因某种先天缺陷而被残忍的杀害,而活下来的大多数人,一生都背负着耻辱,甚至在战争结束以后,他们仍被人称为"纳粹的猪猡"。

在挪威的一个安静的小城里,住着一位名为保尔·汉森的花甲老人,他就是当年的"雅利安婴儿"。纳粹德国占领挪威时,他的母亲被抓进育婴农场,战争结束以后,保尔遭到遗弃,后被辗转送往寄养中心,这是一个专门收养雅利安婴儿的机构,来到这里的孩子,缺少关爱和慰藉,他们中的很多人都患有自闭症。后来,保尔被划为智力发展迟缓的病人,并被送往精神病院。在精神病院的日子是他一生的噩梦,在那儿,保尔受到歧视,每天都会遭到毒打,身心承受着巨大的伤害。直到 22 岁,他才离开那个让人痛苦不堪的地方。

人无论走得多远,家在哪里,根就在哪里;人无论漂泊何处,亲人在哪里,根就在哪里。弗尔克·海尼克也是一位"雅利安婴儿,他的命运同样值得同情。在艰难的岁月里,弗尔克始终有一个心愿,那就是找到亲生父母。他与另外数十名身世相同的人组建了"寻根"之队,希望世界上有更多的人了解这一特殊群体的故事,并渴望通过这种方式找到家人。

在一对善良的德国夫妇家中,也有这样一个特殊的孩子,他叫海尼克。十几岁时,他得知自己是养子。但养父母却隐瞒了他"雅利安婴儿"的身世,渐渐长大的他慢慢意识到周围人异样的目光,海尼克下定决心,追查自己的真正身份。功夫不负有心人,谜底揭开了,他出生于乌克兰境内的"育婴农场",后被送往德国养父母家。由于当时被抓入"育婴农场"的大都是未婚女子,且德国战败后又将育婴农场大量的人员资料销毁,所以,海尼克至今也没有亲生父母的下落。而这只是"繁殖计划"给数以万计的生命带去终生耻辱和遗憾的一个缩影。

希特勒四大爪牙·海因里希

人性禁岛——集中营

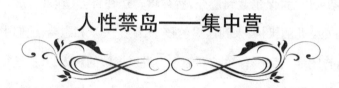

　　纳粹德国如一只贪婪的野兽，它用嗅觉捕捉着各国的动向，目光紧盯着德国周边的风吹草动，它极其敏锐的听力每天都在探查各处发出的声响。奥地利地处欧洲心脏地带，具有极高的战略价值，毫无疑问，它成为了希特勒要猎取的第一个对象。

　　除重要的战略位置外，奥地利也是希特勒的家乡，重新将它与德国合二为一一直是他的梦想。早在1933年，他便派大量的纳粹党徒在奥地利进行间谍活动，并于1934年成功地策划了一起叛乱。1936年7月，纳粹德国强迫奥地利承认自己是日耳曼国家的一部分，并在秘密协定中规定德国纳粹成员有资格加入奥地利政府机构。

　　软弱的奥政府就这样被纳粹德国绑架了。一直视奥地利为自己势力范围内的意大利为此非常不满，并快速给予回击，已经成为了意大利执政的墨索里尼下令4个师开赴边境，以对纳粹德国形成制约。然而，风云变幻的时局最终使墨索里尼改变了初衷。

　　同时，英国、法国、美国也相继表示不干涉纳粹德国吞并奥地利一事。这样一来，奥地利便处于孤立无援的境地。1938年3月，纳粹编造出奥地利政府被共产党暴徒包围事件，假借镇压骚乱之名，德军长驱直入，没有耗费一枪一弹，便占领了奥地利。随后，德奥双方签署了合并法，奥地利正式成为第三帝国的东方省,再加上德国与意大利结下密约而使得来自罗马的敌意最终消弭于无形了。

吞并了奥地利以后,德国的经济实力和军事实力皆得到增强。其战略地位也更具优势,希特勒信心暴涨,对下一步侵略计划充满期待。与此同时,纳粹对犹太人的迫害与屠杀还在继续。

奥地利人的平静生活被打破了,纳粹不仅将势力伸入了他们美丽的家园,还建起了灭绝人性的集中营。1938 年 8 月,在奥地利上奥州首府林茨附近,一座名为毛特豪森的集中营正式开始运转。该营的整体风格为古堡式建筑,四周墙壁由石料砌成,最先进入该集中营的是 1100 多名普通犯人,他们均被视为不适合在德国生活的不安定分子。在之后的几年时间里,大批的犹太人、奥地利政治犯等在政治或意识形态上的反纳粹人员被关押至此,他们从事着超负荷的采石工作,而对于那些体质虚弱的犯人,纳粹则把他们送去毒气室或直接枪毙。

作为纳粹集中营的最高规划和管理者,海因里希·希姆莱常常亲临毛特毫森视查,同德国境内的其他集中营一样,这里被派驻了大批的党卫队成员。为建造并管理好境外营地,海因里希·希姆莱着实下了一番苦功,从它的设计,到建造,直至建成运转,每一个决策都事必躬亲。尤其在集中营的运转阶段,不仅派出多名亲信进行督导,且营地党卫队皆为精英成员组成。

弥漫着艺术气息的奥地利从此被纳粹植入了种族主义的恶臭气味,在毛特豪森集中营内,充斥着阴森的恐怖气息。该营由三部分组成,即关押犯人的监狱区、纳粹党徒的办公区,以及党卫军住宅。监狱区为整个集中营的主体部分,截止到 1944 年,监狱区一共建有三个营,即一号营、二号营和三号营。一号营内有 20 间棚屋,每间棚屋可供 300 人居住。但事实上,人数常

希特勒四大爪牙·海因里希

常是超标的，据记载，这里最多曾被塞进 600 余人。二号营是由 4 间棚屋组成的工场。1944 年春天，三号营建造完毕，它由 6 间棚屋组成，一些体弱多病者常被关押至此。

在第二次世界大战爆发之前，营内囚犯虽从事苦役，但生存环境还不是十分恶劣。"二战"爆发后，情况完全改变了，毛特豪森已不单单是集中营，它还被纳粹当作屠杀中心使用。

战争期间，食物配给量严重下降，大量的犯人拥挤在狭小且肮脏的空间，霍乱和痢疾很快流行起来，很多人死于疾病。1939 年底，该营容纳犯人高达 2600 余人，到了第二年，人数则呈几何级数增长，据史料记载，仅在这一年，新入营的犯人就达到一万余名。人满为患的毛特豪森不堪重负，纳粹不得不在该营附近建起附属营，以缓解压力。在之后的日子里，类似的附属营又建了多座。

生命还在，身体却仿佛进入地狱。关押在毛特豪森的犹太人是所有犯人中地位最低的，他们不仅被纳粹赶进最脏最小的棚房，而且从事着最艰苦的劳作，比如到子营挖地道等等。每天的绝大多数时间，这些犹太人都在干苦力，不仅得不到休息，且要求动作迅速，不能有迟疑和停滞。如若有人反抗，则立即拖走枪毙。

奥地利这块肥肉的轻易到手让希特勒尝到了甜头，他一边命令海因里希·希姆莱加紧对集中营政治犯的审讯，一边伺机进一步夺占周边的异国领土。在英国，张伯伦成为保守党领袖以后，时局出现了很大的变化，张伯伦受英国民众反战情绪的影响而对英国可能卷入的战争十分忌讳。所以，在他执政期间为了保持民众对政府的支持而不惜牺牲他国的利益全面推行绥靖政策，对于纳粹德国咄咄逼人的侵略行径，基本上让英国处于一个明哲保身、自置事外的状态之下，希特勒为此感到十分高兴，这正好符合了

自己的愿望和需要。

针对英国的现状,希特勒认为机不可失,要趁张伯伦的无作为寻求更大的利益。为此,他采用软硬兼施之法,通过精心策划的阴谋,激化了捷克斯洛伐克苏台德地区德裔移民和当地主体民族之间的矛盾,然后以保护德裔为借口,叫嚣着要用战争从地图上抹掉捷克斯洛伐克。这使法国政府十分担忧,也使张伯伦感到颇为棘手。张伯伦给希特勒发了一份急电要求立即见希特勒。1938年9月的一个夜晚,英国首相张伯伦将飞往德国,与希特勒开会讨论相关事态。希特勒十分清楚,这次张伯伦的到来对他来说是天赐良机。所以,在会谈中,希特勒提出了建议,他要求英国作为公证方并劝说捷克斯洛伐克割让苏台德地区,或者还有另外一个选择,那就是按民族自决的原则作出割让,否则只能诉诸于武力。

现实是残酷的,利益才是维系国与国之间友好互助的纽带。英、法在绥靖政策的主导下,为了达到"祸水东引"的目的,不惜牺牲法捷两国的联盟关系。在这种阴暗的逻辑推动下,慕尼黑阴谋终于粉墨登场。9月29日,是希特勒征服欲膨胀的一天,在那个发生政变的啤酒馆所在的城市,英、法和意大利的政府首脑将与希特勒会面。

会谈在科尼希广场的元首府里进行。晚上十点,英国的代表将四国协议的要点告之两位只有旁听资格的捷克代表,并要求二人立即通知捷克斯洛伐克政府撤出苏台德区。两个捷克代表非常愤怒,他们对此表示严正抗议,可是无人理会他们的声音,两人愤然退场。凌晨1时30分,在当时国代表不在场的情况下,与会各方终于达成协议,捷克斯洛伐克须要向德国割让这一地区。希特勒第一个在文件上面签了字。

耻辱的日子终于到来,1938年11月的一天,捷克斯洛伐克被迫割给德国20000多平方公里的土地,此区域有很多捷克工事。在当时,它们构成了

希特勒四大爪牙·海因里希

欧洲坚强的防线,除了法国的马奇诺防线以外,几乎没有什么再能与之媲美了。这道防御德国势力伸入东欧的最重要防御体系,就这样陷落于它原本预定要阻挡的敌人手中。

而在希特勒于谈判桌上攻城略地的同时,海因里希·希姆莱也没有停止他罪恶的步伐,在战争期间,他又相继在德国境内建造了若干个集中营,以满足关押战犯与"社会威胁分子"的需求。希特勒对此十分满意,并多次赞扬他是一位实干派的党内砥柱。

强权为纳粹德国带来的好处颇多,比如为第三帝国平添了 1000 万人口以及大片土地,工业农业生产能力骤然翻番。在当时体制下大大冲淡了受之前经济局面影响带来的困境,使民间的质疑声和反对声一度被感受到这种利益之后的支持和拥护所掩盖。同时,这一系列占领行为也为德国称霸东南欧打开了方便之门。希特勒本人和纳粹党更是因此丰功伟绩而威望大增,巩固了政权的存在。

希特勒对眼前的胜利并不满足,接下来,他还有更重要的事要做,这一次,他将魔爪伸向了毗邻苏联的东欧战略要地——波兰。它是西南欧洲通向坐拥充裕石化能源和木材、矿产等资源的苏联的一道重要关口,同时也是法国在东欧的盟友。只要取得了这块土地,在剪除了法国人羽翼之余,也等于是让自己与苏联之间直接建立起了资源引入的通道,以此为依托,对于西欧的战争即便启动,德国的生产也不会受制于英法的制裁了。

为了获取战略上的有利地位,酝酿多时的战火在一场人为制造的惨案终于从法西斯的贪婪巨口中喷出。1939 年 9 月 1 日清晨,德军的"白色方案"的第一号指令被执行,大批军队越过波兰边境,兵分三路进逼华沙。战机的轰鸣声撕碎了天空的宁静,它们犹如嗜血的飞兽般扑向既定的目标,包括波兰的军火库、桥梁和铁路等等,接下来的几个小时,这些地方都受到了如雨点般落下的炸弹的洗礼。

希特勒认为德国若是占领波兰,就没有进攻西欧的忧虑了,并且也可以将波兰作为入侵苏联的出发基地及军事集结地。除此之外,波兰还有丰富的煤矿资源,其冶金、化学、机器、造船工业也相当发达。进攻波兰对德方非常有利,不仅能在人力物力资源上进行大量补给,而且还可以大大加强德国的战斗力。

面对德国方面的强兵压境,波兰政府缺乏应对战争的思想及物质准备。1939年4月,当德国撕毁波德互不侵犯条约之后,波兰政府还心存幻想地与德国进行谈判。直到8月30日,战争一触即发,波兰才宣布总动员。

波兰与德国相比,在战斗力量、武器装备方面都处于劣势地位,缺乏战斗经费,武器装备落后、低劣,而且对英法帝国主义的"保证"寄予厚望。

战争在继续,1939年5月,法国方面对外宣称,自己已经对战事作了积极的准备,将在下达总动员之后的数日内,向德国的诸多目标发动进攻,在德发动主力对波兰的侵犯的同时,法国也将在十数日后对德发动主力部队进攻。此时,德国对波兰的进攻已经迫在眉睫,但作为波兰最为倚重的盟友法国,实际上却并没有做好对波兰进行支援的任何准备。法方统帅向政府表明,自己现在没有能力与敌方抗衡,要等到两年之后,如果那时英国和美国能够在装备和补给上给予帮助,那么,法国才有可能发动真正的大规模的攻势供给德国。

9月,英法正式对德国发布最后通牒,要求他停止对波兰采取的军事行动,英国对德军入侵波兰一事向德方声称,英国要履行作为波兰盟国对其所承担的义务,并要求德国政府必须作出令人满意的答复,否则从即日起起,两国便处于战争的状态。

与法国相比,英国似乎更具有魄力,受英国的鼓舞和影响,法国政府经

希特勒四大爪牙·海因里希

过反复讨论,不久,也向德方递交了最后通牒,其内容几乎与英国相似。这样一来,希特勒想通过外交手段将英法推出波德战争之外的企图彻底失败了。基于此,希特勒作出了快速反应,发布"第二号绝密作战指令",该指令中明确指出:德国境内的全部工业立刻转入战时经济轨道。

英、法两国所下达的最后通牒,遭到德国毫不犹豫地拒绝。在人民的强烈要求下,英国与法国终于不对希特勒抱有任何幻想,匆忙对德宣战。至此,第二次世界大战爆发了。

虽然英法两国兵力雄厚,战略物资充足,但是由于英法两国战斗决心不坚定,优柔寡断,所以战争初期,他们一直扮演着被动挨打的角色。

绥靖与贪婪的牺牲品

希特勒在波兰战场上取得了巨大的胜利，这大大地鼓舞了他的野心。此时，他的欲望像浸水的海绵，一点点膨胀开来，与此同时，他却又竭力鼓噪"和平"，以道貌岸然的姿态在国会上当着议员与记者们的面公开宣称："我没有同英国、法国作战的想法"。

他虽然这样表示，但不代表人们肯相信他。9月中旬，当法国看到波兰军队惨败，便有一种不祥的预感，他们认为德国人不久就会将优势的兵力调往西线对抗自己，毕竟在这里，有着比捷克和波兰更加直接的利益矛盾和历史仇恨。

德国对波兰用兵之后，英法对德国虽然已经宣战，但法国并没有十足的信心取得胜利。法国方面甚至还竭力劝阻英国轰炸德国境内的想法，他们担心如果对其不利，定会激怒德国，使其采取更加激进的方式，那时，法国位于占领区的工厂必将遭受纳粹当局的报复性打击。其实，如果此时对德国的重要城市和工业生产地区进行轰炸，很可能就会成功遏止纳粹政府继续推进的冒险扩张行为，让德国人——主要是作为元首的希特勒产生真正意义上的危机感。

在西线的盟国空军相比德国也占有一定的优势。英国的作战飞机大约有1500多架，其中大部分为轰炸机。法国战斗部队也直接掌握着不少于

希特勒四大爪牙·海因里希

1400架现代化作战飞机。而德军指挥部却将空军主力派去进攻波兰,仅将少量飞机留下,英法利用约3000架的现代化作战飞机来对付德国可以说是绰绰有余。

面对这种形势,希特勒尽管做出了在西线采取守势的决策,但他十分清楚,如果英法不顾一切地扑来,以德国现在的兵力,是抵御不住的。1939年9月,在华沙被攻陷之前,德国的各大报纸以及其他媒体又开始进行倡导和平的宣传,并阐明德方坚决拥护和平,对西方没有丝毫的野心。这种言行麻痹了法国方面,进入到10月初,法国内阁成员中的大部分人持同意和谈的态度,就目前的局势而言,法国人最关心的问题就是如何能保住英法的面子。

希特勒大张旗鼓地宣扬和平,来掩盖自己的险恶和贪婪。他指使纳粹党徒对波兰俘虏、平民及犹太人进行大规模地杀戮,无辜的波兰人民及犹太人成批惨死在纳粹者的屠刀之下。自波兰战事结束起,德国就开始将犹太人及波兰人逐步清除,但是和平状态下的公开杀戮难找借口,为此,海因里希·希姆莱决定在波兰建造一座集中营,很快,他便选中了一个合适的理想位置,即奥斯维辛城边的开阔地。选择它的主要理由是此处为铁路交通枢纽,便于运送"犯人"。第二年春天,奥斯维辛集中营被正式批准修建,这是东欧最著名的一座集中营,其占地面积约40平方公里,由3个主营和数十个小营地组成。与纳粹的其他集中营相比,这里的恐怖气息仿佛更加浓重。

在集中营内,各处壁垒森严,四周墙上设有高高的电网,密集的哨所看台监视着集中营的每个角落。炙热的阳光下,绞刑架、毒气室、焚尸炉散发着阴冷的寒气。这里是希特勒实施种族灭绝的场所,更是杀人魔海因里希·希姆莱的乐园,战后,该集中营的指挥官曾供认,有多达300万人死于奥斯

维辛,其中百分之九十以上是犹太人。

开往奥斯维辛站的是一条通向死亡的火车线路,在集中营建造完成以后,货车车厢里装载的"货物"由钢筋水泥和砖瓦木头等建材变成了活生生的人。黑暗无窗、用厚木板制作的车厢里溢满了尘土的味道,载着来自于不同国家的人们。他们在抵达奥斯维辛站之后被赶下车,随身的财物绝大部分被没收,也不准交头接耳,他们被要求排成男女两列,若有动作不迅速者,会立刻遭到党卫队的棒打。纳粹党徒个个荷枪实弹,与看守们一起呵斥着这些可怜的人。

肥壮的军犬咧着嘴喘着粗气,充满敌意地注视着犯人。纳粹医生逐个检查身体,他们掰开人们的嘴,根据牙齿状态让排好队的男女再次进行重新分配,第一队去参加劳动,而另一队要去的,则是西天。

当然,犯人们对此并不知情,查看牙齿的举动让人们误认为是在做例行检查。完成这个阶段以后,广播里通知第二队犯人先去洗澡。由于这些人多数来自沦陷的东欧国家,在被押送的道路上洗澡的机会也变得越来越少,浑身臭味让人异常难受,人们排着队走向"浴室",心中对清水的淋沐充满期待。

被指定的"浴堂"是一个被布置得非常讲究的地方,门前种着绿油油的嫩草,在草地的周围,是娇艳可人的鲜花。不管怎样,在这一刻,人们对集中营完全感觉不到恐惧。而在"浴室"大门的两边,是穿戴漂亮的女乐手,看到犯人走来,女乐手奏起了欢快的曲子,她们向犯人微笑,欢迎集中营的新成员。这样的待遇让犯人感到受宠若惊,这个时候,似乎连看守们也放宽了管束,这让这些人的心情稍微放松了下来。

当他们走进大门,首先来到的是一处更衣室,在这儿,每个人都分到一个衣橱,负责看守的纳粹军人似乎很有耐心,他们走来走去,提醒人们记住

希特勒四大爪牙·海因里希

衣橱号码,以便找回自己的衣物。

　　除此之外,每个人还得到了一条干净的白毛巾,这种洁净新鲜的卫生用品已经是久违的事物了。在通往洗浴区的路上,张贴着用各种语言书写的欢迎来到奥斯维辛集中营的标语,在显要处,有洗浴注意事项等通告,看起来平和而自然。

　　很快,浴室就被不断涌入的人给塞满了,但后来的人仍在看守的指挥下不断进入,犯人前胸贴着后背,无法动弹。正当人们觉得事情不对劲的时候,浴室沉重的铁门突然被关上了,看守在外面将门上了锁。

　　与此同时,浴室外,有人从草坪里对着"浴室"的通气孔投放有毒化学物质。"浴室"里,察觉到异味的人们拍着铁门,要求出去,不料,所有的灯瞬间熄灭,黑暗立刻让人群骚乱起来,各种惊叫声不绝于耳。接着,距离喷头较近的人首先摇晃着倒下去,犯人恍然大悟,黑暗中,他们凭着记忆向大门方向推挤,一时间,尖叫声、咒骂声、哭嚎声交织一片。但无论怎么挣扎,每个人的脖子都像是被一只力大无穷的手死死掐住,让他们呼吸不得。

　　时间一分一秒地过去,惨叫声也渐渐平息,大约 15 分钟后,"浴室"的灯亮了,看守们通过窥视孔观察里面的情况,倘若还有人在动,那么,就再次熄灯,15 分钟后,开灯,再观察。确定所有人都死了以后,看守用抽气机将"浴室"内的毒气抽走,此时,一些"特殊犯人"早已等在门口,他们的任务是处理尸体。

　　门打开了,呈现在人们眼前的是一幅只有在噩梦中才能见到的景象:一张张惊恐的表情狰狞而扭曲地定格在人们冰冷的脸上,他们浑身青紫、伤痕累累,很显然,窒息的痛苦曾让这些人失去理智,人们本能地抓住身边的事物,彼此紧紧地缠成一团,甚至有人将手指插进别人的眼睛。"特殊犯人"强忍着内心的悲痛大力拉扯着肉坨。接着,他们用水枪冲走尸体和地面上的鲜血与粪便,对于缠得过紧的肉坨,则用斧头砍断四肢。再掰开尸体的嘴,拔掉金牙,而后,剪掉尸体的头发。处理好的尸体放入提升机,运到焚尸炉火化。

由于经常要处理大批尸体,所以,焚尸炉被设计成上下三层。即便如此,它依然跟不上毒气室杀人的速度,后来,为了保持步调一致,纳粹党徒只好为毒气室配了数个焚尸炉。而纳粹德国的制造商们则竞相为德军提供由上等材料制作的新焚尸设备,形成了灭绝人性的杀戮产业链。

除了尸体之外,"特殊犯人"也要负责将衣橱里的东西送到一个大车间。这里有三条流水线,在此劳作的是另一批"特殊犯人",他们像拣邮件一样,有人负责挑衣服,有人负责拣鞋子,有人将领带及各种饰物分类存放,纳粹看守在车间内巡视,一旦发现有人私藏物品,则立即处决。

上百人低头工作,室内鸦雀无声。营内另有炼金车间,被分拣出来的金饰物被熔化成金锭。全部有价值的东西皆成为纳粹德国的财产。除此之外,大量的金表等物品还被送往当铺换钱,作为集中营的经费使用。有时,物品多到当铺拒收,无奈之下,海因里希·希姆莱就下令将它们存入德国中央银行。在集中营内,有一个巨型仓库,这里同样存放着大量的赃物,如钢笔等,它们经常被用来奖励表现出色的看守人员。

被分到第一队的犯人暂时保住了性命,然而,从踏进集中营的那一刻开始,地狱般的生活便开始了。他们先被剪掉头发,而后左臂被纹上号码,该号码便是犯人在集中营里的名字,他们虽被分到不同的区域,但所干的差事皆为苦役。

阳光温暖着大地,但它再也照不进人的心里。犯人的生活每一天都是前一天的重复。早起、点名、出营劳作、排队吃饭、回营、被查房、点名。所谓的饭不会填饱任何一个人的肚子。回营点名时,不管天气如何,犯人都要站

希特勒四大爪牙·海因里希

上几个小时,这期间若有人坚持不住而倒下,便会立即被拖出去杀掉。人们不得不强忍着身心的疲惫,打起精神,只为熬过这一天。

每时每刻都可能被枪毙,犯人生活在提心吊胆之中。在奥斯维辛集中营内,有一个被犯人称为死亡墙的地方,它位于 11 号和 12 号楼之间,这里,是纳粹对犯人执行枪决的场所。枪决之前,犯人被带入 11 号楼的一个房间,纳粹向其宣读判决书,而后拉出去,一声枪响,生命在此终结。直到今天,这堵墙边还竖着一个小牌,上面写着:请安静,不要打扰死难者的安宁。

集中营监狱区的每栋楼里都有一个特殊的房间,即"犯人头"单人间,所谓的"犯人头"就是纳粹看守从犯人中选出的表现"突出"的人,犯人头的生活条件较其他人优越,每天的主要工作是协助纳粹管理犯人。但这些人往往也很少有能得到善终的。

监狱区的营房由单薄的木制建造,每块木板之间缝隙很大,每到雨雪天,疲惫不堪的犯人就不得不和雨水或融化的雪水作斗争。床是铺着草的木架,褥子里填充着泥沙,在这种生活环境下,流行病经常威胁着犯人的健康,不少体弱者因此而死去。

据史料记载,很多来到奥斯维辛集中营的犯人,熬不过三五月便会病倒,甚至有人在数天内就死掉。除成年人,另有一些儿童也逃脱不了厄运,他们同样遭到了纳粹残忍的迫害。

曾经有多批求生欲望强烈的犯人决定逃出集中营,有记录可查的逃跑人数前后超过了 700 名,但其中有将近一半都以失败告终。毫无疑问,逃跑失败的人最终因为他们的行动全部被纳粹党徒所杀害,他们有的被活活饿死,有的被打死或枪毙,有的则直接送入"医学"室,成为实验品,甚至被用来做活本解剖等。就连这些人在集中营的亲人也难逃惩罚,不但被一一示众,而且还要接受各种各样的折磨,到了战后,奥斯维辛集中营仅剩下

7000余活着的犯人。

在第二次世界大战期间，纳粹德国在国内和占领国建立了很多集中营，大规模的屠杀及惨无人道的人体试验经常在这里进行，所以，集中营也被人们称为"死亡营"。1939年，意大利独裁者墨索里尼不顾人民的意愿强行实施种族改良政策，种族主义的黑暗势力随着时间的推移逐渐也侵袭到了意大利的国土上。

在这段期间，曾经发生过这样一件事，生活在意大利的一位犹太裔商人本来拥有一个美满的家庭，儿子聪明可爱，妻子也温柔善良，因为生意上的缘故，他们搬到了德国居住。就在儿子五岁生日那天，不幸发生了。纳粹抓走了他们，并关进了集中营。一家人命运从此被改变，在纳粹的迫害下，夫妻俩被迫分开，儿子被分到和爸爸一起。为了不让儿子小小的心灵受到伤害，商人想出了一个与儿子做游戏的方法，为儿子编造出一个善意的谎言，对儿子说，眼前所看到的一切只不过是大人与大人，大人与孩子之间进行的一场游戏，并指出纳粹是扮演坏人的那部分人，就这样，父亲和儿子展开了一场与"坏人"斗争的游戏。他一面保护和照顾着儿子的身体健康，一边千方百计地和女监里的妻子保持联系。在充斥着血与罪恶的纳粹集中营，他为儿子创造了一个别样的天地，也给妻子带去了安慰。

在集中营里，小孩子一旦被通知去洗澡，那么就相当于下了死亡通知书，而商人的儿子却成功地逃掉了洗澡，因为父亲告诉他，谁逃走谁就会拿到分数，有时又让儿子混在营内纳粹军官的孩子中间和他们一起玩耍，并叮嘱他无论如何也不能说话，不说话的人才会得分。他们就这样几次躲开了死神的魔爪，几年后，纳粹日暮途穷，准备撤离集中营。解放来临前的一个夜里，商人察觉到纳粹将要离开，但是不知道妻子的命运如何，他将儿子藏在铁柜中，并告诉他游戏即将结束，但在结束之前，无论发生什么事都不

希特勒四大爪牙·海因里希

要从柜子中出来,如果赢了游戏,就能得到一辆真的坦克。之后,他本想趁乱找到妻子,却不幸被纳粹发现。

当他被纳粹押着经过儿子藏身的铁柜时,他故意对着儿子的方向笑,并做出滑稽的动作,暗示儿子千万不能出来。最后,他在一个角落处,被纳粹残忍地杀害。天亮了,睡着的孩子从柜子里出来,看到院子里一片狼藉,看守们却不见了。不一会儿,一辆大坦克隆隆地开了过来,上面插着美国国旗,盟军的士兵攻进了集中营,解救了残存的人们,孩子也迎来了自己的"胜利"。这个伟大的故事后来还被改编成了一部著名的反战电影。

纳粹一边对犹太人进行大肆屠杀,一边假惺惺地倡导欧洲乃至世界和平,希特勒在背地里加紧准备在西线发起进攻。提出"和平意见"后,他立刻召开会议,与会人员皆为高级将领,但是,希特勒的议题中心却是如何快速击败西线的两大敌人,以便让德国消除承受的威胁,很快,他发布了西进的绝密第六号作战指令。希特勒让部队做好作战准备,要求军队对法国的进攻必须全力以赴,尽可能歼灭之,另外,法国的同盟国部队也是重点打击目标。希特勒要求三军总司令按照自己的指示尽快做出作战计划,并在执行的过程中随时向他汇报。在命令发出之前,希特勒对三军总司令还宣读了一项秘密备忘录。

在三军的将士中,有许多人对希特勒向西线发起进攻的计划表示反对,但希特勒却执意以战争的方式来解决问题。他还提醒这些将领,波兰的胜利之所以成为可能,原因很简单,那就是德国从始至终只有一条战线。而现在,如果能最大限度利用当时积累的经验,法国未必能够抵挡得了。

德国的海军将领与陆军将领略不相同,在海上,虽然英国舰队的势力比较强大,具有一定的优势,但是,在进攻的时候,德国海军将领却丝毫没有退缩,也不顾及希特勒的任何限制。事实上,身为海军司令的雷德尔一直在尽力向元首要特权,要求其解除对海军活动的约束。

即便做出了努力,但结果却不尽如人意。1940 年 9 月中旬,德国的海上力量受到打击,英国的航空母舰"勇敢号"将德方的潜艇击沉,地点就在爱尔兰西南。

雷德尔意识到避战已经解决不了任何问题了,他随即下达命令,两艘袖珍战舰迅速驶离待命区,开始对英国船运进行激烈的攻击。

反复研究北欧的形势之后,希特勒经过慎重考虑,组建了一个由三军代表组成的特别小组,同时把对挪威的作战计划代号叫作"威塞演习"。

其实当德军正准备"威塞演习"的时候,这个消息传到了英国。因此在德国海军朝目标前进时,英国为数不多的海军也向着纳尔维克前去,一直挺进瑞典边境,另外还到达了一些更远的地区,以阻止德国占领这些重要基地。

希特勒四大爪牙·海因里希

敦刻尔克的奇迹

　　新一轮的军事行动即刻就要启动了,1940 年 4 月 2 日下午,希特勒经过长时间会议商讨之后,正式发布了一道命令,即从 4 月 9 日上午 5 时 15 分开始,德军正式发动"威塞演习",实质上开始全面地对丹麦和挪威发动进攻。要求俘虏两国国王,防止他们逃亡到其他国家。

　　与此同时,最高统帅部还发出一道命令,指示外交部可采取一切外交手段,劝诱丹麦和挪威不战而降。

　　时间一天天过去,每分每秒都可能发生意想不到的事情。4 月 9 日,在黎明来临的前一个小时,德国向丹麦和挪威发出了最后通牒。与此同时,希特勒已经命令德军的两个师入侵丹麦。只有 400 万人口的丹麦,就算所有的参军人员加在一起也只不过是一支弱小的国民兵。完全没有与德军抗衡的实力,丹麦军队只打响了几枪表示反抗过,就再也没有行动了。不堪一击的丹麦就这样被德军迅速征服了。

　　接下来,德军准备进攻挪威。4 月 9 日上午,德国向挪威政府递交令其投降的最后通牒。很快,挪威政府作出了明确的答复:"我们誓死与德军抵抗到底,绝不屈服。"

　　虽然有挪威人民顽强的抵抗,可也就是在这一天,德军攻下了挪威首都,在德国军队入侵的同时,挪威政府已经向英法联军发出请求,希望得到

他们的援助。但是,由于英法军队犹豫不决,调兵遣将行动迟缓,他们在纳尔维克附近一登陆就惨遭德国战机的轰炸,不得不向挪威内陆撤退。

德军历经两个月的时间,终于全面占领挪威。在对荷兰等三国的进攻过程中,龙德施泰特率领的 A 集团军偷渡无人防守的阿登山区,将战火迅速地燃烧到了法国境内。5 月中旬,德军以破竹之势完全占领法国的色当。到了 5 月下旬,大约有 40 万的英国、法国及比利时的军队被迫退到敦刻尔克海港。

此时,英法及比利时联军的三面都已经被德军团团包围,只差背后的英吉利海峡。这种情况对他们来说,可谓是前有狼后有虎,已经陷入了绝境,没有了逃脱的机会。

当希特勒得知英法联军已经全部退到敦刻尔克海港后,他欣喜若狂,胜利已经向他招手。除非有奇迹出现,否则几十万的英法联军将插翅难飞。而另一边,英国政府在英法联军大举撤退时,就已经多少预见到这场战役的失败已经无法挽回。刚刚上任的英国首相丘吉尔组织战时内阁召开会议,商讨如何解决 40 几万远征军的问题。有人主张求和,可是丘吉尔坚决不同意,他主张撤退。他认为如果希特勒提出一些不合理的要求,英国将陷于一个两难的境地。现在来讲,撤回远在海峡彼岸的各国战士们到英国的土地上保存力量才是唯一正确的出路。

因此,在丘吉尔的主张下,战时内阁命令英国皇家海军部制定撤退计划,这就是历史上著名的"发电机行动"。计划原本是通过三个港口撤退,分别是加莱、布伦和敦刻尔克。可是在德国猛烈地攻击下,只剩下敦刻尔克港口。几十万英法联军聚在此处,围绕着港口布下重重防御以抵挡德国人步步紧逼的进攻,等待着海峡对岸的救援到来。

虽然制定了"发电机行动",可是由于当时情况紧急,德军已经距离敦

希特勒四大爪牙·海因里希

刻尔克海港不远,按照计划只能撤走 3 万多人。这对于几十万的英法联军来说,简直是杯水车薪。正在丘吉尔及战时内阁想尽办法怎样撤出更多士兵时,一个命令给了英法联军一个机会。

5 月末,德军的装甲军团已经到达距离敦刻尔克很近的地方,所有的德国大军都在为最后的一战蓄劲待发,马上就可以直取敦刻尔克城。31 日,由于连日来德国空军的轰炸,敦刻尔克的港口设施销毁严重,但这一天恶劣的天气导致德国战斗机无法出动,德国陆军也因为未得到命令而错失了紧逼的时机,英法联军的防线得以停止缩小,德国人只能看着他们在眼皮底下撤走了。这天撤走人数多达 19 万余人。6 月 1 日,德国空军终于能够出动,发动了这些日子里规模最大的一次轰炸。

这次行动炸沉了英国三艘驱逐舰和一些小型运输舰,可英国的新式喷火飞机也炸掉了德国很多笨重的轰炸机。戈林没有兑现他对希特勒的承诺。这一天撤退人数高达 16 万余人。

在德国猛烈的攻击下,英法联军的防线已经缩减到很小,英国海军决定改为夜间撤退。

黑暗的夜色有效地掩护了英法联军的撤退,6 月 2 日、3 日,成功撤出了英国远征军和 6 万名法国士兵。到 6 月 4 日早晨为止,经过数天艰苦的努力,共撤出 33 万余名英法联军。自此敦刻尔克大撤退结束。

这次大撤退成为了历史的转折点,纳粹德国在西线将敌人赶尽杀绝的想法无从实现,希特勒十分无奈,这也为他日后将战场移至东线埋下了伏笔。与此同时,在东欧沦陷区,犹太人的迫害行为却仍在海因里希·希姆莱的操纵下稳步进行着,比起喜欢夸海口的戈林,海因里希·希姆莱很满意以这种并不存在难度的方式讨元首的欢心。在他的授意下,又有数个集中营建立起来,比利时的布伦东克集中营便是其中之一。

集中营是纳粹迫害犹太人、战犯以及一切反纳粹者的罪恶之地。布伦东克被犯人称作"人间地狱"。它位于比利时布鲁塞尔以北，原是一个防御工事，后被海因里希·希姆莱看中，命人在此修建集中营，从1940年之后的4年间，该营曾关押过4000多名囚犯。

这里的一切都是灰色调的，就连灯也只能发出暗淡的光。犯人每天生活在阴冷潮湿的房间，无论是工作间，还是睡觉的地方，随处可见青色的苔藓。长时间的潮气已使木质床不再坚固，犯人躺在上面，发出"吱吱嘎嘎"的声响。门窗被钢筋封死，空间狭窄得令人窒息。

在关押期间，若有人企图逃跑，就会被抓进隔离室。隔离室是一个很小的房间，面积大约在1平方米，夜里，犯人只能睡在一个板子上，且无被褥。被隔离的人白天只能站着，有时一天要被刑讯多次。

刑讯室是一个类似于窑洞的房间，除了门，这里再无通风口，不过，地面上倒是有一个下水孔，这一设计完全是为了方便清洗刑讯后囚犯在地上留下的血迹。刑讯用具种类颇多，有吊绳、烙铁、火炉等。

与此同时，海因里希·希姆莱还要求守卫把门敞开，让凄惨的叫声传到普通囚室里，而在相隔不远的候审室中，被吓得瑟瑟发抖的犯人还能闻到烙铁烫在人皮肤上的味道。为了折磨犹太人并扩大自己的"战果"，海因里希·希姆莱想尽一切办法，可谓无所不用其极。

集中营内的犯人每天都要从事繁重的劳动，比如将数十万立方米的泥土从A处运到B处。有些劳动并没有任何实际意义，纳粹只是为了摧残囚犯的肉体而已。

战火以燎原之势烧到了苏联，犹太人在集中营这个小世界里受尽纳粹摧残，苏联人民则是在毫无准备之下掉进深渊。1940年，希特勒制定了东部战线的作战计划，准备实施以分步夺取苏联各大资源富集地区作为阶段

希特勒四大爪牙·海因里希

性标志的侵略计划,从这一点上不难看出,希特勒的最终目的就是消灭苏联,行动的具体计划在法国投降之后也开始紧锣密鼓地制定。1941 年 1 月 8 日,希特勒在伯希特斯伯格霍夫举行了一次为期两天的军事会议。在这次军事会议上,希特勒针对消灭苏联的目标,提出了"巴巴罗萨"计划。他认为阻止美苏参加对德战争,应当先从苏联入手。

"巴巴罗萨计划"的核心,就是通过与苏联有陆上接壤的便利,来发挥之前在进攻英国时没有能派上用场的陆军优势,力图打一场与法国一样的快速战争。1941 年 2 月 3 日,希特勒在大本营召集会议,对"巴巴罗萨"计划进行了全面性的修正,他将全部精力都放在了这一计划上,对东方之战志在必得。1941 年 6 月 22 日,凌晨 3 点半,德军突然对苏联发动攻击,蓄谋已久的"巴巴罗萨"计划正式启动。意大利、芬兰、罗马尼亚和匈牙利也加入了侵略的行列。

苏联在未得到任何预警的情况下突然被猛烈袭击,后果十分严重,短短一天之内,1200 架飞机被德军击毁,更加可悲的是,其中有 800 余架战机还未等起飞就被毁灭殆尽。毫无防备的苏军如同遭遇热汤泼雪一样被德军的攻势快速击溃数个集团军,很快,苏联境内多处防线被突破,德军的先期攻势初步达到了预期的效果,他们马不停蹄地保持当前的速度向纵深继续推进。

一切有利因素似乎都倾向于纳粹德国,但受到重创的苏联并没有轻易倒下,在隆隆的炮火声中,苏军逐渐认清了形势,德军在各地遭遇的阻力开始显著增大。到了 12 月初,莫斯科的气温达到了零下 30 多摄氏度,这使得德国军队寸步难行,其损失也越来越严重。12 月 5 日,德军在以莫斯科为中心,200 英里长为半径的半环形阵地上,遭到了苏军的全面遏制。当天傍晚,德军在苏联境内首次被苏军赶出了阵地并大幅度后撤。次日,德国陆军司令勃劳希契引咎辞掉了自己的司令职务。这一天对于德军来说是前所未有的挫败。

随着时间的推移，德军的军用物资补给出现了严重的不足，如燃油、武器和人力资源等。

经过紧锣密鼓的部署之后，不甘失败的希特勒决定在夏季对苏联发动一场声势浩大的进攻。出于对苏联庞大资源储备的觊觎，希特勒对于这片土地总是怀着势在必得的想法。寒冬一过，他动员全部力量，组成193个师，从德国的盟国或仆从国拉来更多的兵力，这些兵力约占轴心国在东线总兵力的四分之一。

就这样，残酷的战火再一次在伏尔加河畔点燃。德军为了在进攻斯大林格勒右侧时不遭到强烈抵抗，率先开始占领克里米亚半岛。之所以要先占领此地，是因为它地处斯大林格勒的右侧，有了这个据点，德军就可以轻易阻击前来对斯大林格勒右翼进行救援的苏军。1942年5月8日，德军在刻赤半岛发动进攻。双方经过一番激战，德军于5月16日攻下刻赤。除了赛瓦斯波尔要塞外，德军占领了克里米亚半岛。这一行动为斯大林格勒战役鸣起了前奏。

有利的战机似乎由此又倒向了纳粹德国。德军对斯大林格勒和高加索的攻势进行得十分凶猛，苏军的反抗却也非常顽强。

德军最初占领了一个产油量很大的油田。并据此向周边扩大占领区，并加大斯大林格勒最大的油田的夺取力度，一场更激烈的战斗即将开始。希特勒从柏林直接电令两大集团军包围斯大林格勒和莫斯科，再让另外一股军队作为侧面接应，如此一来，这场战斗的胜算就更大了。他认为此次对苏联的战争，已经胜券在握。

就在战事进入关键时刻的时候，苏军却选择了向后方撤退，先把兵力

希特勒四大爪牙·海因里希

撤到斯大林格勒,然后又撤到顿河下游,以此强化战略要地斯大林格勒的防御强度。德军参谋哈尔德等人知道后,连忙赶来力谏希特勒更改作战计划,可是他们的提议并没有被接纳,希特勒依然故我,下定决心按原计划推进作战的进程。

这一次,希特勒的过度自信让他尝到了苦果。由于德军的作战意图已经被对方判明,进攻斯大林格勒并没有想象中的简单,即使攻击的力度十分猛烈,但前进的步伐依然缓慢。1942 年 11 月 19 日,蔡茨勒向希特勒报告,苏军以 100 万兵力、13500 门大炮、900 辆坦克和 1400 架飞机的强大战斗力,沿着顿河发起了强大的冬季攻势。苏军先以重炮射击,密集的炮火此起彼伏,大量的坦克和步兵向南运动,突破罗马尼亚军的防线。就这样,德军的防线不堪一击,自行解散。

在听到苏军突破包围并开始反攻后,蔡茨勒就建议希特勒把军队从斯大林格勒撤到顿河一带,以保存实力。可是这个提议却依旧遭到希特勒的拒绝。但此时,严冬和苏军的夹击已经无法让德军继续保持全盛的进攻姿态了。

战争的进程与之前的设想反差太大,这让希特勒一下无法接受眼前的事实。在发泄过心中的怒火后,希特勒命令海姆将军继续指挥眼前的战斗,但结果却导致第二师的坦克军全军覆没。12 月 23 日至 28 日,包围圈以外的塔青斯卡亚机场失陷,该机场对斯大林格勒空运补给占有特殊的重要地位。此地失陷的结果是十分严重的,对原本已经补给不足的情况雪上加霜。蔡茨勒向希特勒提出将高加索的部队撤回的请求。前车之鉴历历在目,希特勒这次只能接受。

巴巴罗萨与战俘交换

现在是苏联红军聚歼斯大林格勒纳粹军队的时候了,随着漫长的寒冷季节的结束,战场上的力量对比也悄然变化了。苏军由于占据着地利,借助寒冬带来的掩护并利用补给线较短的优势对前线进行了有效的支援。并借助这短暂而珍贵的时机在后方大量制造和接收来自英美盟国的武器物资,原本干瘪的战略肌肉重新丰满起来,只待对准敌人蓄势一击。

1943 年 1 月 8 日,苏军带来了罗科索夫斯基将军至德军司令保卢斯最后一份通牒,这份通牒提醒保卢斯,他所率领的军队已经快被击溃,他的唯一出路就是马上投降。苏联会优待战俘,不会让他们遭到侮辱,通牒要求保卢斯于 24 小时内做出答复。而另一方面,希特勒要求保卢斯不顾一切地保持住已经推进抵达的战线位置,以进攻击退苏联人的反击。这让保卢斯陷入了进退两难的境地之中。

苏军没有坐等保卢斯做出选择,没过多久,他们就向德军展开了攻势。斯大林格勒城内再次展开了惨烈的巷战,只是这一次,处于被动地位的是德国人了。在巷战中,德军用上了最后的几支预备队,这为斯大林的反攻创造了条件。1 月 21 日,德军 B 集团第二军团群原定扼守的防线出现了一个300 公里宽的大缺口。第二集群在安保方面出现了隐忧。1 月 24 日,阵地又被苏联从中间截开,他们失去了最后一条可以逃跑的通道。

　　苏联方面再一次给德军投降的机会，保卢斯接到苏军的通牒后，心中很矛盾。他向希特勒请示是否可以投降，但得到的回复是必须死守阵地，哪怕全部战死也要坚持下去。2月2日，这支部队实在无法抵挡苏联猛烈的炮火，无奈之下，最终还是选择了弃械投降。

　　投降之前，他们给希特勒发去一封电报，说明自己已经和苏军战斗到最后一人，并高呼德国万岁。但实际上，这只是一种在头像之前的无奈开脱和对希特勒的安慰而已。四处都是覆盖的冰雪，硝烟仍未散去，但战场已经平静了。斯大林格勒战役就在这份极度炽烈和喧嚣之后的死寂中结束了。

　　战争让很多士兵成为了俘虏，也使大量的平民沦为牺牲品。纳粹德国并没有实现征服东方的愿望，英勇的苏军、战地特殊的气候环境以及其他种种原因，使希特勒对东部战线不再抱有过多的希望。而德军在数年的战争中不仅财力消耗巨大，而且还损失了大量的人力，这些人有的死于战争，有的则被囚禁在各国战俘营。针对这种情况，一个特殊的纳粹集中营出现了，它就是贝尔根·贝尔森集中营。

　　坏事做尽的纳粹生怕其他国家以同样的方式折磨德国俘虏及外籍德国人，为此负责处理此事的海因里希·希姆莱想出了一个一举两得的办法，他决定将犹太人集中起来，用他们交换被俘的德国士兵和外籍德国人。同时，还可以利用一些特殊身份的犹太人勒索其家人或所在国政府的方式换取外汇。

　　1943年，贝尔根·贝尔森集中营建成，它由两部分组成，一部分为战俘营，另一部分则是可以为纳粹换来好处的犹太人转运营。

　　盖世太保温和地笑着，帮助来到集中营的犹太人提箱子，营内的党卫军看守对这些犹太人以"您"相称。他们不用参与繁重的劳动，每天还有时间晒晒太阳。这一幕幕竟然发生在纳粹集中营里，虽然令人难以置信，但它确实出现在贝尔根·贝尔森。

这是一场无耻的交易。纳粹的反常举动源于这些犹太人持有各种护照、入境许可证等有效证件。海因里希·希姆莱需要它们，为达到"交换"目的，他在集中营成立后不久便投身于一个又一个谈判之中。但是，旷日持久的谈判并没有让海因里希·希姆莱得到想要的结果，这期间，更有纳粹中一些狂热的反犹分子，如党卫军上尉阿道尔夫·艾希曼等，则千方百计地将更多的交换对象运至奥斯维辛，在他们眼中，所有的犹太人都不该获得自由。

经过努力，第一个交易成功了。早在 1868 年，曾有德意志骑士团移居至巴勒斯坦，截止到 1943 年，他们的后裔大约为 2000 人。海因里希·希姆莱认为，在巴勒斯坦炎热的天气里，这些具有优秀血统的德国人不可能更好地生存下去，所以，他用持有托管区护照的犹太人作为交换条件，将这些德国人成功地移居到了克里米亚半岛。

但是，接下来的交易却不太顺利，有时，海因里希·希姆莱为了凑够交换人数，会经常制造一些假护照充数。在移送犹太人时，纳粹大献殷勤，帮助他们在火车上找到自己的座位，并嘱咐其注意事项，这一切意在为贝尔根·贝尔森集中营作宣传。

集中营内，被用来作交换的犹太人虽然看上去比普通犯人生活优越一些，但他们仍然被严密地监视着。海因里希·希姆莱甚至向这儿调派了更多的人马，原因很简单，这些人拥有更大的价值。据史料记载，"二战"期间，共有超过 2300 名犹太人通过"交换"这一途径获得了自由。

与他们相比，集中营内的战俘要悲惨许多。他们与纳粹其他集中营里的犯人一样，过着生不如死的生活。每天参加超负荷劳动，挤在黑暗潮湿且空间狭小的牢房，他们中的大多数人死于饥饿、疾病与过度劳累，还有一部分死在纳粹的毒气室中。

希特勒四大爪牙·海因里希

营内设有万人坑,纳粹用推土机将尸体推入坑内进行焚烧,刺鼻的烧尸味笼罩在集中营上空,恐怖气息横行在死亡营的每个角落。到战争结束时,贝尔根·贝尔森集中营共关押过4万余人,幸存者只有3千人左右。在战争发展到后期,一位英国记者曾拍到这样一张照片:在贝尔根·贝尔森集中营堆满尸骨的万人坑旁,一群骨瘦如柴,几近饿死的囚犯呆呆地望着相机镜头,目光中诉说的恐惧和无奈与纳粹统治的其他沦陷区别无二致。

第六章

两任伴侣

纳粹头目的情史

　　婚姻是人在成长过程中需要面对的重要事情之一，海因里希·希姆莱也不例外。他是一个性格比较细腻且较独立的人，所以，对于情感的理解也自然会受到性格的影响。在他的生平事迹中，很少被人提及的是他先后与两位女性发生的婚恋关系。

　　爱情仿佛具有某种魔力，让人充满力量。海因里希·希姆莱的第一任夫人，是在他的事业发迹前结识的，她的名字叫做玛佳莉特·波登，是一位布隆堡地主的女儿。当时的海因里希·希姆莱还只是纳粹党冲锋队的一员下级军官，与经营着一家小诊所的玛佳莉特在一个偶然的机会认识之后，他很快为她着了迷，并努力寻找机会和她单独相处，就这样，两个年轻人变得熟悉起来。

　　巴伐利亚的夏天非常炎热，尽管高大的树木能够遮挡强烈的阳光，为人们带去些许清凉，但走在树荫下的玛佳莉特却没有感到一丝舒爽。她脚步急促，面带愁容。

　　"玛佳莉特，请等等我。"在她的身后传来了呼唤声，一个身材瘦长的青年快步追了上来，黑色的短发下面是一副看起来有些滑稽的老式圆框眼镜，他手里提着一只画有诊所标志的背箱，他来到她的身边，有些讨好地笑笑，说道："你的药箱忘在我那里了。"

"噢，希姆莱先生，你看我这个人。"玛佳莉特回过头来，看着他把自己的药箱递过来，眼神有些歉意，长长的睫毛随着眨动的眼睛扑打了一下，露出一个笑容："非常感谢你。我一心想着父亲的病情，要不是你，我恐怕又得赶夜路去取回来了。"

两个人就这样在路上一边走一边聊，直到黄昏的阳光渐渐隐去，女孩向他道了个别，向着路另一头的村子走去。海因里希·希姆莱朝自己来的方向走了几步，然后又折了回来，悄悄地跟在女子的后面，他想看着她平安到家。爱情使他本就细腻的个性表现得更加淋漓。玛佳莉特推开诊所的门，又从里面关上，直到看见诊所的灯光从窗口透出，海因里希·希姆莱才向自己的住处走去。此时他的心里有种莫名的甜蜜，这种甜蜜正在向身体的各个细胞扩散。夜很深了，这次是真的要回去了，不过他的脚步却放得很慢很慢，似乎在重温这条路上玛佳莉特留下的芳香。

"心的微动，带去了暖暖的问候，夜色的光圈是否将你笼罩，我愿伴着光晕陪在你的左右，只愿你的世界不再有孤单和冷漠"。沉浸在爱情之中的人总是会想出许多浪漫的诗句，一路上，这些美丽的句子不断地在海因里希·希姆莱脑中浮现。回到住处后，尽管眼睛里布满了血丝，但却神采奕奕。或许是好久都没有心动的感觉了吧，此刻的他有些欣喜若狂。但是，有一个历史性的难题始终横亘在他的面前，那就是应该如何向玛佳莉特表白自己的爱慕之情。

自那晚之后，他常一个人跑到郊外欣赏夜景，他的古怪行为引起了同事的好奇，经过再三的追问，他终于说出了自己的心思。目前，他要解决的问题是如何向女孩表白。

当真正的爱情来临的时候，往往令人不知所措，害怕一个小的举动吓跑了对方。海因里希·希姆莱知道自己已经喜欢上了那个女孩，尽管自己对她一无所知，但爱情就是这样，一个注目，一个偶遇便是最美的开始。

爱情容易让人产生无尽的遐想，但现实终究不是童话。为了能够接近玛佳莉特，海因里希·希姆莱决定将自己正式地介绍给她。他深知第一印象的重要性，为了作一次成功的自我介绍，他竟打起了草稿。但是，往日拟撰文件时流畅熟巧的笔偏偏在这个时候变得重逾千斤，写出的草稿不断地被他自己否定，仅仅一个开头就重写了数遍，纸篓里已经堆起了很高的纸球。不知不觉，天色已暗，海因里希·希姆莱总算写好了。他仔细的将纸稿放进了贴身的口袋，走出了办公室。

夜色浓重，没有一丝风吹过。"自己已经有几天没有见到她了，是不是遇到什么麻烦了，真是糟透了。"带着烦躁，他向自己常去的郊外快步走去。前面好像有个人影，但还不能确定是什么人。此时他才意识到自己已经很少将手枪带在身边了，因为，他担心女孩看见会害怕。

近了、更近了，这不正是自己朝思暮想的人吗？"她怎么这时还在呢？"海因里希·希姆莱不免激动。

"要不要上前和她打声招呼"？但似乎有些唐突，而且天色已晚。他带着满心的矛盾就这样远远地望着那个身影远去，不愿错过她的每一个动作。

"我愿为你保留一个肩膀，只愿你停靠在这里"。望着玛佳莉特的身影，海因里希·希姆莱在心里向她许着承诺。夜，宁静而美好。

这一次的"相见"让海因里希·希姆莱更加明确了自己的心意，他期盼着他们的再次相见。缘分就是一个很奇妙的东西，你不知道它何时会降临到自己的身上，但当它来临的时候，你只能被动接受，并为之付出。

这一天，处理完公务的海因里希·希姆莱决定出去走走，外面阳光的余热依然让人有些难受，不过，这并不影响他想要出去走走的心情。"自己似乎已经爱上了一条林荫小道。"他有些嘲讽地说道。今天的他穿得很随意，

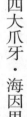
希特勒四大爪牙·海因里希

一件衬衫,一条蓝色的裤子,戴着眼镜的他看起来就像是一个斯文的大学生。"这里的花似乎开得更艳了呢!"海因里希·希姆莱边说着边顺手摘下了一朵紫色的小花。沿着小路向更深处走去。此时的他并没有注意到就在其身后还有一个人。

一直以来,玛佳莉特都因父亲的病情而难过,她现在的处境并不乐观。此时,为了缓解一下心情,她打算出门走走。就在她踏上小路的时候,一个身影出现在她眼前。

这个男人的身影在幽静的小路上显得格外引人注目。此时的玛佳莉特似乎被他的绅士模样打动,这一幕正巧被回头张望的海因里希·希姆莱看到,他惊呆了,此刻的玛佳莉特正被树下斑驳的阳光笼罩着,金色的长发披散在背上,散发着迷人的光晕。当玛佳莉特长出一口气之后,正好对上了一双探询的眼睛。她有些不好意思,但很快就恢复了常态,并打算从他的身边绕行过去。"嗨,你好,这里真美,不是吗? 你常来这儿吗?"海因里希·希姆莱想要引起她的关注。"是的,这里是很美,我常常一个人来这里,你呢?"玛佳莉特对海因里希·希姆莱的问题并不反感,而是热情的交谈起来。

在这个美好的下午,海因里希·希姆莱终于知道了姑娘的名字。他们很谈得来,玛佳莉特活泼开朗,喜欢提出各种问题,海因里希·希姆莱始终微笑着,一一作答。一次愉快的谈话就这样地结束了。

之后,他们常在一起聊天,并成为了无话不谈的朋友。在相处中,海因里希·希姆莱发现玛佳莉特是个聪明、美丽、善良的女孩。

玛佳莉特虽然外表单薄,但是内心很强大,她关心、体贴着身边的每一个人。小河边、林荫下,都留下过他们的足迹。

时光飞逝,他们的关系变得越来越亲密。他们的每一次交谈都是快乐的,仿佛有说不完的话,而他们对彼此的依恋也更加强烈。每个周末都成了

他们翘首企盼的日子,因为又可以见面了。

爱情就在这样美丽的季节里悄悄地生根发芽。

聊天的时候,海因里希·希姆莱喜欢看着玛佳莉特的眼睛,只要看她的眼睛就知道她想要说什么。玛佳莉特的笑脸时不时掠过他的脑海,他已经无法控制自己不去想她了。虽然他知道玛佳莉特有过一次婚史,并且比自己大七岁,但他并不介意。

跟海因里希·希姆莱在一起的玛佳莉特是快乐的,这位看起来很是斯文的年轻人总是带给她惊喜,让她暂时忘却生活的烦恼,可是好景不长,玛佳莉特的父亲突然病重了,这让她感到很无助。

生活的重担再次落到了玛佳莉特的肩上,她每天要帮助父亲处理农庄上的事情,还要照顾父亲,这让她憔悴了不少。虽然每次和海因里希·希姆莱在一起的时候,她都会表现得很高兴,但仍难掩倦容。海因里希·希姆莱觉察到玛佳莉特的变化,他想帮助她分担忧愁,可是又不知道怎么开口,毕竟自己现在还没有向她表明心迹。

日子一如既往地过着,只是海因里希·希姆莱的心中又多了份牵挂。他时常看着桌案上的文件发呆,脑海中不时地出现玛佳莉特面带愁容的脸。"我究竟要怎么做呢?亲爱的玛佳莉特。"他望着墙上的摆钟再次自言自语起来。

整个下午都心神不宁的他决定早一点在两人常去的地方等着玛佳莉特。一晃几个小时过去了,夕阳的余晖正在慢慢地消退,却迟迟不见玛佳莉特的身影。他有些着急,在小道上来回走着。

正在他焦急万分地时候,玛佳莉特缓缓地走来,今天她的气色格外地不好,眼睛红红的,似乎哭了很长时间。望着这样的玛佳莉特,海因里希·希姆莱的心不由得痛起来,他无法忍受自己所爱的人这样伤心。

希特勒四大爪牙·海因里希

"亲爱的玛佳莉特,到底发生了什么事,我不想看到你这样。"海因里希·希姆莱变得激动起来。"没有什么事情,我不想让你担心我。"玛佳莉特望着海因里希·希姆莱动情地说道。"不,我愿意替你分担一切,请你相信我。"他无比诚恳地说道。玛佳莉特虽然知道海因里希·希姆莱喜欢自己,但面对如此深情地告白,她还是有点无法接受。"亲爱的海因里希,请给我点时间,我相信不会让你失望的。"这次的谈话就在毫无结果的情况下结束了。之后的几天里,海因里希·希姆莱都没有见到玛佳莉特,他开始埋怨起自己,是自己太冲动了,把玛佳莉特吓跑了。但她也说过不会让自己失望,抱着最后的一点希望,他依然每天都在两人经常见面的地方等候着玛佳莉特的到来。

回到家的玛佳莉特依然回想着海因里希·希姆莱对她的承诺,她知道自己无法拒绝这位年轻人,因为在两人相处的这段时间里,她发现自己愈来愈依恋他,喜欢和他在一起的日子,虽然自己不想承认这一点,但心中早已有爱恋。"父亲的病愈来愈严重,不知道能撑到多久。"玛佳莉特又开始哀愁起来。

玛佳莉特最终还是没有战胜困扰父亲的病魔,父亲去世,安顿完一切的玛佳莉特想起了海因里希·希姆莱,她迫切地想要见到他,希望将自己的一切都告诉他。

当她来到两人常见面的地方,看见的就是这样的海因里希·希姆莱:脸颊深陷,一双布满血丝的眼睛因她的到来而布满光彩。这样的海因里希·希姆莱让玛佳莉特心疼。看到玛佳莉特为自己留下的眼泪,海因里希·希姆莱既是心疼又是高兴。他带着玛佳莉特穿行在花海里,抱着她转了一圈又一圈,愉快的笑声感染了这里的一切。

在追求玛佳莉特的时候,海因里希·希姆莱就确定了玛佳莉特是自己想要娶的人。现在，两人终于确定了关系。他把这个好消息告诉了父母，但没想到，一向尊重自己决定的父母却坚决反对他们两人在一起。

海因里希·希姆莱的父母是天主教的信徒，他们不能接受自己的儿子为他们找来一个基督教的信徒。这令海因里希·希姆莱很是苦恼。两人依然每天都见面，但海因里希·希姆莱的话似乎比以前少了。聪明的玛佳莉特知道海因里希·希姆莱有心事，但她并没有直接去询问，而是默默地陪伴在他的身边。

在得知儿子要娶一个没受过什么教育的乡村护士的时候，海因里希·希姆莱的母亲执意要搬来同他同住。面对执拗的母亲，海因里希·希姆莱一点办法都没有。为了让母亲住得舒服点，他在工作的附近租了一个房子。但此时他的薪水并不是很高，只能勉强维持正常的开支。

因为海因里希·希姆莱母亲的到来，两人很少见面。但只要有机会，两人便会待在一起。他向玛佳莉特说出了自己的苦恼，善解人意的玛佳莉特不断地劝慰着他。在此期间，玛佳莉特用父亲遗留下来的财产开了一间小诊所，日子要较海因里希·希姆莱宽裕一些，所以，她总是借故补贴一下海因里希·希姆莱的日常开支。每次见面，玛佳莉特会特地烹饪一些美食，让海因里希·希姆莱带到家里给他的母亲品尝。对于玛佳莉特所做的一切，海因里希·希姆莱感到深深的惭愧。

"无论怎样，我都会给你一个交代，玛佳莉特，你要相信我。"海因里希·希姆莱对轻靠在他肩膀上的玛佳莉特再次诚恳地说出了自己心中的想法。"我相信你，无论怎样，我都会追随你。"玛佳莉特有些哽咽地说道。"我带你回家吧，让我的父母真正地了解你，好吗？"海因里希·希姆莱说道。"我愿意为我们的爱情付出任何东西。"玛佳莉特哭泣起来。

就这样，玛佳莉特见到了海因里希·希姆莱的母亲。尽管依然不喜欢这

希特勒四大爪牙·海因里希

个已经结过一次婚的女人，但海因里希·希姆莱的母亲并没有打算给她难堪。她希望能和玛佳莉特好好谈谈，这让海因里希·希姆莱有些担心。

母亲的话一向很犀利，他害怕玛佳莉特承受不住。谈话从中午一直持续到晚上，两人从房间里出来的时候，海因里希·希姆莱面前的烟缸已经堆满了烟蒂。在送玛佳莉特回家的路上，海因里希·希姆莱几次想询问自己的母亲对她说了什么。就在快到家门口的时候，玛佳莉特深情地对他说："谢谢你的母亲信任我，愿意让我来照顾你。"

两人很快筹备起了婚礼。婚礼很简单，只在教堂进行简单的仪式，两人在亲人的祝福声中完成了人生重要的时刻。

婚后的玛佳莉特依然经营着她的小诊所，虽然收入不多，但每天过得很充实。

不得不说，开始的时候，海因里希·希姆莱对妻子是十分宠爱的。一有时间，海因里希·希姆莱还会带着妻子去度假。玛佳莉特在海因里希·希姆莱的呵护下，逐渐变成了一位具有成熟魅力的女人。

此前，玛佳莉特和前夫还生了一个男孩，后来，小男孩也搬来同他们一起居住。对于这个孩子，海因里希·希姆莱没有表现出太多的热情。玛佳莉特时常会抱怨丈夫对自己的孩子有些冷淡，但也并不能挑出太多的毛病。

对于玛佳莉特的埋怨，海因里希·希姆莱并没有辩解。两人之间开始出现隔阂。但他依然爱着自己的妻子。而且为了缓和关系，海因里希·希姆莱特地从外地让朋友给妻子带回了礼物。面对丈夫的示好，玛佳莉特也给予了最大的谅解。

此时，海因里希·希姆莱的经济状况更加窘困。玛佳莉特不忍心看到丈夫为了钱而愁眉不展，于是，她偷偷地将自己经营的诊所转让了出去。当海因里希·希姆莱得知这一情况后，紧紧地将玛佳莉特拥在怀里。生活有所缓解的海因里希·希姆莱决定带着玛佳莉特进行一次长途旅行。这次旅行发生了一件令两人欢喜的事情，那就是玛佳莉特怀孕了。

当时海因里希·希姆莱刚好赶上假期，于是，决定乘船陪着玛佳莉特去意大利游玩，但在旅途中，玛佳莉特总是干呕，这令海因里希·希姆莱紧张不已。好不容易到了目的地，海因里希·希姆莱马上带着玛佳莉特到医院进行了检查，结果发现玛佳莉特怀孕了。

得知妻子怀孕的消息后，海因里希·希姆莱对玛佳莉特更是呵护备至，而且特意请了长假陪伴在妻子的身边。

在 1929 年的时候，他们的第一个孩子出世了，取名古德隆。看着可爱的女儿，海因里希·希姆莱有了初为人父的幸福感。虽然三口之家的生活很简朴，但是格外的安静舒适。由于小家伙的降生，海因里希·希姆莱和玛佳莉特的生活几乎都围绕着这个小家伙展开，孩子的一举一动都牵挂着两个人的心。

希特勒四大爪牙·海因里希

婚姻的裂痕

　　对于自己的女儿,希姆莱总是宠爱有加,而他对玛佳莉特带来的男孩几乎到了是不闻不问的地步。这让玛佳莉特的心里感到很不舒服,作为一个母亲,她不希望自己的孩子受到冷落。在一次次地争吵后,玛佳莉特对海因里希·希姆莱开始失望,她没有想到自己的婚姻会这么的不堪一击。"原本期许的美好真的要消失了吗?"她不敢再往下想,自己还是爱着海因里希·希姆莱的。这份爱压得玛佳莉特有些透不过气,她不知道如何平衡好自己的孩子与丈夫之间的关系。

　　在这个世界上,往往越美好的东西越容易消失。走得最急的,都是沿途最美的风景,伤得最深的,都是最真的感情。就如此刻的海因里希·希姆莱和玛佳莉特一样,两人曾经深爱,如今却又彼此伤害。两人之间似乎有什么东西发生了变化。然而,两人都在极力地想要抓住些什么,但到头来,只留下了些零散的记忆,或深或浅地印在彼此心里。

　　就在古德隆出生的一年以后,两人闹得不可开交,最后分居。面对几近破碎的婚姻,玛佳莉特仍然坚守着,因为她仍然爱着自己的丈夫。海因里希·希姆莱从两人的住处搬离出来以后了就一直住在办公室里,他需要时间来思考一下自己辛辛苦苦营造的家庭,这样的结果显然不是他想要的。

　　因为婚姻上的失意,海因里希·希姆莱把自己的精力都投入到了工作

当中,他想用繁忙的工作扫除心中的苦闷。

1936 年,海因里希·希姆莱任德国警察总监、盖世太保首脑和帝国党卫队长官。在长期的分居之后,海因里希·希姆莱已经对自己的婚姻失去了信心。繁忙的工作之余,他最大的乐趣便是陪着自己的女儿一起玩耍。现在的古德隆已经是个精灵古怪的小女孩,似乎被自己的父亲宠坏了,她总是颐指气使地指使着自己的哥哥。这样的古德隆总是给海因里希·希姆莱带去快乐,和女儿在一起,他是开朗、活泼的,他愿意为女儿的小聪明装傻。

对女儿的任性、妄为,海因里希·希姆莱并不会过多地加以约束。尽管时间冲淡了海因里希·希姆莱对玛佳莉特的感情,但他还是会每个月给她一定的生活费,毕竟自己曾经深爱过她。每当海因里希·希姆莱来看望女儿的时候,玛佳莉特都会事先躲出去,她不知道自己应该怎样面对他,如今的自己虽在名义上还是他的妻子,但她也知道自己再也不能俘获他的心了。

尽管这个世界上每个人都是独一无二的,但是却没有完美的人。玛佳莉特深知自己不能给海因里希·希姆莱带来快乐,她愿意放手,只为了他对自己曾经的付出。就在海因里希·希姆莱孤寂的时候,他的女秘书海德温·波哈斯特再次点亮了他的情感世界。因海因里希·希姆莱一个人居住在办公室里,生活没有规律,担任秘书的海德温·波哈斯特就自动承担起了照顾海因里希·希姆莱生活起居的任务。对这位年轻漂亮的女秘书,海因里希·希姆莱除了感激之外,并没有给予情感上的投入。

希特勒四大爪牙·海因里希

第二任伴侣

时间有着最强的魔力，它可以使不可能的事情变得有可能，使深深相爱的两个人彼此遗忘。命运给了海因里希·希姆莱和海德温·波哈斯特独处的机会。海德温·波哈斯特细心、温柔。每次面对海因里希·希姆莱，她总是很好地将自己的情愫深藏起来。她知道海因里希·希姆莱曾经深爱过自己的妻子，横亘在两人之间的问题一时还无法解开。

没事的时候，海因里希·希姆莱会让海德温·波哈斯特坐下来陪自己聊会天儿。从他的话语中可以感受到他对自己妻子的深爱，这让海德温·波哈斯特更加不敢表露自己的心迹。每次听完两人的爱情故事，海德温·波哈斯特都会悲伤很长一段时间。

其实，对海德温·波哈斯特，海因里希·希姆莱并不是没有感觉的。他欣赏她的热情大方，而且两人也有很多共同的话题，但考虑到目前自己的处境，也只能将这份情感压制下去。

生活依旧沿着它的轨迹运行着，但似乎有什么发生了改变。海因里希·希姆莱开始让波哈斯特去执行一些重要的工作，但工作强度并不是很大。借着工作的理由，他总是在下班之后找波哈斯特谈心，之后两个人一起吃饭，散步，回家。单独和波哈斯特在一起的时候，海因里希·希姆莱总能将氛围调节得很轻松。事实上，他们下班后很少涉及工作上的事情，大都谈论的都是个人的爱好、理想和生活经历。年长几岁的海因里希·希姆莱用美妙的词汇装点了自己的未来，这让波哈斯特很是向往。这样的事情在很长一段时间内都在发生，两人的关系也开始亲密起来。此时波哈斯特已经调离了他的办公室，但两人的关系并没有受到影响，到1937年的时候，两人已经是情人关系了。

为了给波哈斯特一个交代，海因里希·希姆莱向玛佳莉特提出了离婚。这个结果是玛佳莉特早已料到的，但真正面对的时候，还是会有一股钻心的痛。两人都很冷静，但海因里希·希姆莱的父母却对此表示坚决反对。因为信奉天主教的他们绝对不能让自己的儿子违背他们的信仰。如今的海因里希·希姆莱已经不再是那个敢为爱情付出一切的懵懂青年了。他知道父母反对的理由，所以，他并没有表现得很过激。在向父母阐述自己目前的婚姻状况之后，两位老人默许了儿子的做法，毕竟婚姻是需要两个人共同努力经营的。

"二战"爆发之后，海因里希·希姆莱成了希特勒守护自己纳粹政权最有力的工具，尤其是在屠杀犹太人上，更是不遗余力。在人们的眼中，海因里希·希姆莱是一个十足的刽子手，他残忍地践踏着犹太人的生命，纳粹集中营成为了犹太人永远的噩梦。1941年德国入侵苏联，海因里希·希姆莱跟在德军的后面开始系统地消灭苏联境内的犹太人。在他的指挥下，一年之后又出现了很多灭绝营。就在他大肆杀害犹太人的时候，他与波哈斯特的第一个孩子出世了。海因里希·希姆莱知道他的"小白兔"需要他的照顾，可自己却不得不执行上级下达的命令。当他听到他们的孩子降生的时候，他很渴望能立即见到他，虽然自己已经不是第一次当父亲，但是新生命的降临仍触动了他内心最柔软的地方。就在孩子出生的第二天，海因里希·希姆莱给波哈斯特写了一封情书。信中讲述了他对妻子的思念，以及想见到

希特勒四大爪牙·海因里希

孩子的迫切心情。他说:"亲爱的波哈斯特,对你我感到很抱歉,在你最需要我的时候,我却不能陪伴在你身边,我希望你能理解你的丈夫。没有我的照顾,希望你一切都好。孩子一定像极了你,我还没有想好给他起什么名字呢……"

读着信上真挚的言语,波哈斯特的内心充满了甜蜜。可以说,她是最能理解海因里希·希姆莱的人,无论是事业还是对家人的态度。看着身边两人爱情的结晶,她进入了梦乡。但这次她却做了一个长长的噩梦。梦中的海因里希·希姆莱对着一群惊恐的人们狂笑着,而他的身后却是一堆白骨。她被惊醒了,并且一连几天都心有余悸。

自上次收到信后,已经半个多月过去了,自己的丈夫却一点消息也没有,这让波哈斯特担心不已。每天她都要到警卫那里去打听一下是否有她的信,但每次都让她很失望。这样的日子让她憔悴了许多。当海因里希·希姆莱回到家中的时候,看到的就是这样一幅场景:脸上毫无光彩的妻子搂着孩子直直地望着窗外。"我回来了,波哈斯特"声音绵长而温柔。听见声音的波哈斯特回过头来,脸上早已满是泪水。

离别的日子终于结束了,经过这次的分别,海因里希·希姆莱对波哈斯特更加宠爱,他知道这个女人对自己的重要性,于是,他决定迎娶波哈斯特,但他的父母依然反对他这样做。为了使她的父母转变态度,他找到了几年未见的玛佳莉特。如今的玛佳莉特已经是一位口碑极好的外科大夫,穿上白大褂的她看起来是那样的娴静。面对海因里希·希姆莱,玛佳莉特显得很平静。两人谈及最多的便是古德隆,就在谈话即将结束的时候,海因里希·希姆莱说出了此行的目的,玛佳莉特也很快答应了他的请求。两人约定好这个周末一起回到海因里希·希姆莱的父母家。

约定的时间很快就到了,一早上,海因里希·希姆莱便来到了玛佳莉特居住的地方，他以为自己还会等上一会儿，没想到，玛佳莉特比他还早。今天的玛佳莉特穿得很正式，一头金发被高高的挽起，配上一套黑色的晚礼服，既端庄又美丽。海因里希·希姆莱知道玛佳莉特从来都是美丽的，而今天又增添了一份成熟的魅力。一路没有交谈的两人很快便到了海因里希·希姆莱父母的住处，对于两人的到来，两位老人显得很高兴，直到晚餐，几个人都在继续着愉快的谈话。饭后，玛佳莉特找到海因里希·希姆莱的母亲，她知道这是一位精明的妇人，所以，并没有用太多的铺垫，便将海因里希·希姆莱的请求告诉了他的母亲。但任凭玛佳莉特如何地解释，他的母亲一直坚持着自己的主张。这次的谈话并没有起到任何作用，海因里希·希姆莱与波哈斯特依然是情人关系。

日子依然继续着，波哈斯特对此并没有什么怨言，她知道自己的丈夫已经为自己努力地争取了，只是还没有结果而已。自从波哈斯特生完孩子之后，她就再没有出去工作了，这使原本俭朴的生活有些困窘。波哈斯特的家人对她目前的处境很是担忧，他们并不看好她与海因里希·希姆莱之间的关系，所以，总是希望波哈斯特离开海因里希·希姆莱。

在爱情面前，谁也不能说自己是一位圣人。因为爱情本来就是自私的。正如海因里希·希姆莱一样，他知道自己或许一直都给不了波哈斯特任何东西，但却不愿意放手。如今海因里希·希姆莱一家三口居住在离他办公较近的一所小房子里，虽然房子很小，但是经过波哈斯特的仔细收拾和布置后，它看起来是那样的整齐、干净，充满了家的温馨。每次回到家里的海因里希·希姆莱是放松的，他不会将工作上的事情带到家里，只想享受这短暂的安宁。

但和谐的家庭生活也难免会有磕磕绊绊。工作上兢兢业业的海因里希·希姆莱回到家里却变得异常得懒散。自己的东西总是随处乱扔，这让本

希特勒四大爪牙·海因里希

来就狭小的空间看起来更加拥挤。这让波哈斯特感到很是无奈,时间长了,她开始抱怨起来。开始的时候,海因里希·希姆莱还能接受妻子的建议,有所收敛,但习惯是个可怕的东西,它并不能在短时间内发生质的改变。所以,没过多久,他又故态复萌,而对于妻子的抱怨,他也开始不满起来,有时还会说上几句,但这似乎并不影响两人平静的生活。

在第一个孩子刚满两岁的时候,波哈斯特又一次怀孕了。这次,海因里希·希姆莱选择陪伴在波哈斯特的身边。他将两岁的孩子托付给父母照顾,带着波哈斯特来到了占领区。怀孕后的波哈斯特变得慵懒起来,她对此时的生活环境并不是十分得满意。每天的呕吐让她筋疲力尽,有时还会莫名的冲海因里希·希姆莱发脾气。对于波哈斯特的变化,海因里希·希姆莱给予了最大的包容,他知道波哈斯特的艰辛。为了缓解波哈斯特心中的不快,他总会抽出时间带她在夕阳未落之前散步。虽然此时并不是欣赏美景的最佳季节,但是能够依偎在爱人的怀里,就是波哈斯特最大的幸福。

家庭生活

　　在这个世界上，对于成年男性和女性来说，最希望得到的莫过于由婚姻维系的平静而稳定的家庭生活。它是人在这个世界上离开父母的呵护、导师的教诲之后唯一一处可以坦诚所有懊悔、开心、焦虑、犹豫、温情的地方，这也是伴侣之间为彼此所做的最重要的贡献。有位哲人曾经说过，人一生当中能够安睡的地方只有两处，一处是坟墓，另一处就是爱人的怀抱。

　　但是与此同时，这种漫长的、日复一日的相处，随着岁月的流逝，也会让爱情产生磨损，令彼此疲惫不堪，所谓婚姻是爱情的坟墓，往往也正是源于这种关系的负面效果。这两种感受形同爱情进行过程中的两大极端，只有经过了这两个阶段的磨砺，最终坚持下来的，才是一段可以被称之为成熟的感情。

　　来到新的住所已经有一段时间了，波哈斯特逐渐适应了此地的生活，但是她并不知道自己的丈夫从事着怎样的工作。现在的她总是昏昏欲睡，经常和海因里希·希姆莱没说上几句话就睡着了。望着睡得香甜的波哈斯特，海因里希·希姆莱幸福地笑了。

　　夜晚，波哈斯特睡得极不安稳，她感到肚子一阵阵抽痛，好像有什么东西在下坠，望着熟睡的海因里希·希姆莱她一直在强忍着。但疼痛感一波强过一波，终于，满头大汗的她叫醒了睡在身旁的丈夫。"我好像要生了，希姆

希特勒四大爪牙·海因里希

莱，我害怕。"波哈斯特紧张地说着。面对疼痛难忍的波哈斯特，海因里希·希姆莱显得有些无措，但他很快就平静下来，并将她抱到了医院。孩子在第二天黎明到来之前降生到了人世。望着虚弱的波哈斯特，他由衷地表示了感谢。孩子很健康，有着迷人的眼睛，很符合海因里希·希姆莱心中的高级人种，这让他在心中对于这位伴侣和他们的爱情结晶奉为了生命中的至宝。

产后的波哈斯特身体虚弱，以致很长一段时间内都不能照顾孩子，所以，每天海因里希·希姆莱都尽快结束手头的工作回到家中照顾妻子和孩子。这段期间，他扮演了一个好丈夫的形象。听说女儿又为海因里希·希姆莱生了一个孩子，波哈斯特的父母对海因里希·希姆莱感到十分的不满和气愤，因为他们看出海因里希·希姆莱并没有和之前的那位合法妻子离婚之后再娶的打算，他们的女儿最终只能背负一个见不得人的身份，这是任谁也是不能容忍的。

为了缓解和波哈斯特家庭之间的矛盾，同时也是为了让波哈斯特得到更好的修养环境，等到波哈斯特恢复得差不多的时候，海因里希·希姆莱将她送回了原来的住处，并托付波哈斯特的父母照顾她。在此之前，因为知道她的父母对自己的印象很不好，因此他很少会去主动拜访波哈斯特的父母，一是因为自己并不能给他们的女儿一个光明正大的身份而感到愧疚，二是因为自己的自尊心和地位，让他实在不愿屈尊去面对他们冰冷的面孔和尖刻的言语。

这次为了波哈斯特他不得不低头来到波哈斯特父母的家中拜访他们。依然是冰冷的面孔，虽然已经见过几次面了，但感觉还是很陌生。海因里希·希姆莱对两位老人还是很尊敬的，他鼓足勇气表明了自己前来的目的。波哈斯特的母亲是一位现实主义者，她并没有避讳自己并不看好他与自己女儿的关系,并且表示如果不能给自己女儿合理的名分,最好能有一个属于她的住处,这样他们也能更放心一些。

回到家中的海因里希·希姆莱也清楚地意识到,自己是应该为波哈斯特置办一个房子了,但自己并没有足够的钱做这件事。他不断地思考解决问题的方法,但一直没有想到好的解决问题的方法。最后,他利用职权在纳粹活动中秘密地挪出了 8 万马克用于购买房子。但他的手段并不高明,很快便被马丁·鲍曼知道了,但他并没有张扬。他购置的房子正好在鲍曼家的附近。

搬到新房子的波哈斯特兴奋了很长时间,这是她从未想过的事情。她在房子前面弄了一个花园,因为海因里希·希姆莱喜欢动物,所以,家里又添了一个新成员,一只可爱的小猫。平时极爱干净的波哈斯特在受不了小猫的捣乱,用一根绳子限制住了它的自由。下班后,海因里希·希姆莱习惯性地叫着小猫的名字,虽然听见了爱猫的回应,但并没有看到它像往常一样跑向自己。当看到小猫被绳子拴起来之后,他极为愤怒,没问缘由便给了两个孩子一顿训斥。受了委屈的两个孩子哭着找到妈妈,向善良的妈妈述说着委屈,看着自己宝贝眼中的泪水,波哈斯特母爱泛滥,找到海因里希·希姆莱,最后,便是一阵吵闹声,但很快海因里希·希姆莱便向两个孩子道歉了。因为波哈斯特威胁他,如果不给孩子道歉,她便会将小猫送走,这一招果然奏效。

由于两个人所住的房子距离同为纳粹高层的鲍曼家很近,所以,海因里希·希姆莱经常告诉波哈斯特要与鲍曼的妻子搞好关系,乐于走动的波哈斯特也很乐意地接受了这个要求。

为了能让波哈斯特接触上鲍曼的妻子,海因里希·希姆莱特意制造了一场偶遇,两家之间从此开始有了交往。自此后,波哈斯特经常带着自己烹

希特勒四大爪牙·海因里希

饪的食物到鲍曼的家里走动,善良的波哈斯特给鲍曼的妻子留下了很好的印象,两家人走动得愈来愈频繁。但海因里希·希姆莱和鲍曼的关系却颇有些紧张,两人在权利上的冲突在不断升温。当听到自己的妻子已经与鲍曼的妻子成为好朋友的时候,海因里希·希姆莱的内心暗自高兴,他看到了缓和自己与鲍曼关系的可能。

　　此时的波哈斯特并不清楚海因里希·希姆莱心中的打算,她只知道自己有了一个很要好的朋友,在这个陌生的环境里,终于有人陪自己聊天了。当她打算将做好的点心送到鲍曼家中的时候,海因里希·希姆莱提出要和她一同前往鲍曼家拜访。正巧鲍曼也在家,两人的关系在此次见面后得到了一定的改善,最后建立了友情。

第七章

争权夺势

罪恶集团中的权利之争

　　海因里希·希姆莱是一个有着很强个人抱负的人。但讽刺的是,他的理想本身以及为之做出的一切, 在其一生当中每次出现都显得有些不合时宜。他擅长隐忍和承受,但由此积累的逆反心理却往往会变为龌龊和阴暗的能量,增强他在具备实现理想所需要的力量和地位时的偏执,即便方式显得再怎么不伦不类,他也仍然要继续下去。

　　一直以来, 海因里希·希姆莱都依靠着在培养党卫军武装名下的情报部门、战斗部队和执行种族灭绝等任务上的杰出"成就"积累着在党内和政界的功勋, 加上善于捉摸希特勒的心理而常年在纳粹高层当中屹立不倒。但在其他事业上,他却显然没有这种天赋。

　　在当时,纳粹的党产包括了数家规模不小的公司,仅在党卫军名下的就有德国土石制造有限公司、阿波利纳里斯矿泉水厂、阿拉契瓷器生产厂等等实业经济体。前两者的业绩只能算是中规中矩,瓷器厂因为经营不善而多次出现收支赤字并濒临倒闭, 海因里希·希姆莱却执意动用其他党产来填补亏空让它勉强维持下来。如此"敬业"的同时,他却大肆勒索一些德国的独立厂商,如西门子、法本公司等企业,缴纳数额不菲的保护费来填充党产并中饱私囊,权作自己"辛苦经营"那几家蹩脚的企业却没能回报的补偿,其内心畸形的成就观于此可见一斑。

希特勒四大爪牙·海因里希

当然，以上这些行为带来的影响还仅限于民间而已，不至于对希特勒的野心和"统一世界"的大计造成什么破坏。以他一人之下千万人之上的特殊地位，除非元首本人愿意，否则没有人能追究他的责任。事实上，情况也确实如此。由于希特勒的为人实在是太过刚愎顽固，让他变成了一个在事业层面没有真正意义上朋友的人，这样一个空缺只能由地位较低的心腹的忠诚来填补。油滑故世而骄傲跋扈的戈林和希特勒之间最深刻的情谊发生在过去，而掌管着作为元首亲军的独立武装党卫军，又长着一副忠厚温驯的低调面孔、从来不在党内外地位问题上对希特勒带来任何烦扰与威胁的海因里希·希姆莱，恰好就成了最为合适的人选。

然而，唯一的问题在于，海因里希·希姆莱自己也是这样认为的。

1941 年底，在德国元首希特勒的首肯下，海因里希·希姆莱及其麾下党卫军部队开始执行对东欧地区"敌对人士"的清除行动。苏德战争爆发后，认为能快速消灭苏军的德军进攻脚步很快，留下了大量的沦陷区和苏军战俘。由于战争需要，海因里希·希姆莱率领党卫军别动队在东欧沦陷区经营着一系列灭绝营和集中营。目的就是将西欧逃离至此或当地籍贯的犹太人屠杀干净，同时也一起解决掉苏军遗留下来的青壮年战俘，避免这些需要消耗粮食的强壮敌人在德军后方形成不安定因素。在自四十年代党卫军情报部门建立以来，一直与他狼狈为奸的下属莱因哈特·海德里希一手操办之下。相关的"工作"一直以极高的效率被完成，他优秀的工作能力也是海因里希·希姆莱一直以来非常倚重的。但是，也正是因为这一点，海因里希·希姆莱也越来越警惕这个精明强干又野心勃勃的下属的存在了。

如果说面目和行为上的反差只是一种个人特点和"事业"性质之间的错位，那么在纳粹德国政界，海因里希·希姆莱就是一头不折不扣的笑面狐。早年对于理想的追求在经历了地位的膨胀之后演变成了对权势的无限

欲望,凭借着对依权伐权道理的深谙,在对元首命令奉行不悖甚至逆来顺受的基础上,默不作声却又坚持不懈地排挤着与自己靠得太近的任何人。因为只有这样,元首才不会将这种内部的权力斗争联想到他自己的身上。正所谓物以类聚,人以群分、跟随顶头上司海因里希·希姆莱多年的莱因哈特·海德里希,也同样是这种人。

这个名字,在当时被它的主人保护得很好,多数人听到它后的反应,可能都不如对作为纳粹党卫军和情报部门总负责人的海因里希·希姆莱来的那么显著。但事实上,几乎历史上所有"二战"电影中有关党卫军高级军官的形象都来自于这个人。因为在党卫军的整个团队中,海德里希的形象和所作所为实在是太过典型和突出了。他面容冷峻,常年保持着一头无时不刻梳理得一丝不苟的头发和一双锐眼,是那种在当时被普遍宣传的"日耳曼精英"形象的代表。事实上,撇开他所犯下的种种罪行,海德里希的能力也确实符合"精英"这个称谓。自从他接管党卫军基层的管理任务之后,凭借着强势的个人能力和职业素养,整理出了一套极度高效的工作哲学和行事原则。延续了早期在情报部门所创造的成就,并在接手的多个新领域中都将这种作风发扬光大了。但似乎是出于一种性格上的相衬性,他在情报方面的建树更多被人们所称道。

在纳粹党掌权后,海德里希常以一身笔挺庄重的党卫军制服形象出现在各种场合,不过更多时候,他都沉溺在自己的工作中。有着精干的头脑和细腻的思维,这两者加上他先天的敏锐直觉,使他成为了二十世纪四十年代欧洲最高效的情报和警察机构最杰出的统治者之一,连盟军方面的对手也由衷地给出了"他是史上最精明强干的恶棍"的评价。但与其他国家不同的是,他所掌握的势力从一开始就被设计为一支进攻性的情报力量。海德里希曾经这样对他的同事和上司描述自己希望打造的情报监察组织:

希特勒四大爪牙·海因里希

"……这是一支独立于国家政府和军方、警方任何一个部门的管束之外，有它们独立使用的权限和资源，如同一支情报安全名义下的军队，不过效忠的对象仅仅只有纳粹党自身而已。"

应该说，在工作上，海德里希从来没有让海因里希·希姆莱失望。他的部门不仅包揽掌控着纳粹的情报，甚至在战争开始之后的时期在世界各地为纳粹招兵买马也发挥了巨大的力量。并为党卫军在纳粹党后续的发展中如何夺得更大权势不断出谋划策。海因里希·希姆莱也十分赏识这个办事干练而有主意的下属，提供了他所需要的很多资源和经费并大加提拔，海德里希的风头甚至一度盖过了党卫军最英勇善战的军团将领。

除了出色的野心和能力之外，海因里希·希姆莱任用海德里希还有着另外一个原因，海德里希虽然因为负责情报工作，而不得不长期深居简出过着隐秘的生活。但是随着纳粹德国的势力扩张和后者负责工作的不断增加，他也逐渐成为了一个公众人物。其"良好"的形象恰好可以成为一种宣传品，为海因里希·希姆莱试图打造的党卫军日耳曼"梦之队"招揽其他的社会精英和青年人加入其中。

但是，这种良好的合作关系随着"事业"的发展而渐渐产生了裂痕，在纳粹德国大举向东方进军的时期，他们之间的分歧开始出现。无论是在人事召选方面，还是在挖掘情报获取渠道与策略方面，海因里希·希姆莱的办事能力与思考深度，都无法满足维持他所希望拥有的党卫军系统的需要。海德里希曾经在私下里抱怨前者过分注重招募人员的金发碧眼形象来保持党卫军"日耳曼精英团队"对内的宣传效果、却忽略了他们实际工作能力的做法。这种不顾实际情况下达命令的情况，还多次发生在隐秘战线行动计划的制订上，使一些原本优势在握的时机眼睁睁地流失掉了。为此，海德里希多次暗地里讥讽海因里希·希姆莱是个"果然只配当小学校长的

'人才'。"

为了改善这种情况,海德里希开始有意识地裁汰冗员,更加不拘一格招收专业人才,提升团队工作能力和信仰上的向心力。并在这个过程中潜移默化地将希姆莱与自己手下团队之间的关系进行架空分离。表面上,海德里希作为希姆莱情报获取来源的工作仍然尽职尽责,但实际上基层人员为之工作和效忠的对象在概念上却已经被海德里希偷换成了自己。但是这个过程中海德里希做得非常小心,在党内位高权重的希姆莱面前,他仍然显得毕恭毕敬,因为无论如何,这个人在未来很长一段时间内仍然将是他前途的引路人和提携者。为了更高的地位,对这个充满妄想和虚伪的上司都必须容忍下去。

不得不说,海德里希的伪装功夫非常出色。以至于直到东线战争爆发为止,希姆莱对这个看起来只是"能力过于出众,但没有逾越之意"的下属都只有轻微隔阂而全然没有产生戒备。但是与这点内部的权力斗争相比,为了维持这种伪装给自己带来的好处和安全。海德里希另一件更为卑鄙的作为,却给数百万人带来了灭顶之灾。

希特勒四大爪牙·海因里希

海德里希之死

　　由于自身带有着四分之一的犹太血统，身处纳粹党卫军情报系统核心部分的海德里希，可谓是时刻站在风口浪尖上。尽管从少年时代起海德里希本人也是极端反犹太主义者。但是这种泛泛性的单纯反犹太族群的行为和思想，比起纳粹对犹太在种族存在上的否定可谓远远不如。尤其是希特勒制定了迫害和屠杀犹太人的政治方向后，让海德里希对自己的犹太基因深感不安，随着事业成就和地位的不断提升，这种不安的深度也就随之而不断加剧。为了避免自己的身份被人揭穿或怀疑，海德里希比任何人都更加积极地参与到了对犹太人的迫害当中。早在 1941 年，身兼波希米亚和摩拉维亚两处沦陷区代总督的海德里希抵达捷克之后，就已经对以捷克前军人为主要成分的地下抵抗组织，进行了疯狂的打击破坏。在布拉格一举处死了数百名抵抗组织成员和投机商人。同时牵连杀害的抵抗组织成员及其家属、友邻以及当地犹太族裔达数百万之众，唯余的几千名俘虏最终全部被送入集中营服苦役。其过程中，海德里希的手段之残忍、行为之积极和激进令海因里希·希姆莱也望之生畏。并且让他意识到，这位手下人对于功劳、地位和成就的欲望恐怕是不在自己之下的。

　　1942 年，在德国高层云集的万湖会议中，海德里希和海因里希·希姆莱共同向希特勒提交了一份丧心病狂的计划：对德军后方的东欧沦陷区以及整个欧洲范围内中存活的大量以犹太族裔为主的平民囚犯，这些不稳定因素进行"最终解决"处理。实际上就是利用重体力劳动和杀伤手段，将之尽可能地进行灭绝。面对东线胶着战况，心情不佳的希特勒当即批准了这个计划。大量的犹太人财产被剥夺之后，送往集中营杀害或进行强迫重体力劳动。

在这一时期，由于利益上和绝对势力范围的冲突，海因里希·希姆莱和海德里希之间的隔阂终于逐渐的摆上了台面。海德里希尽管仍然在工作层级上听命于海因里希·希姆莱，但是他在党内的表现日渐赢得了希特勒的直接关注和欣赏，担任沦陷区总督的任命有一部分就是来自希特勒的授意。其扶摇直上的势头使之变得与海因里希·希姆莱平起平坐，甚至在元首面前展开直接竞争的可能愈加显著，这使海因里希·希姆莱感受到了直接的威胁。他很清楚，如果跟随自己多年、已经完全掌握应该如何面对以及迎合元首意图的海德里希，成为了与自己平起平坐的对手，往日的恭敬将会变为最凶狠的打击，并且会不遗余力地将自己从现在的地位上端下去，即便是元首一贯的主观感情也不能拯救自己。为了避免这种情况发生，党卫军必须将情报部门的控制权，从这个即将在东欧建立自己独立王国的新生野心家手里夺回来。当年执掌冲锋队的罗姆等人就是被从冲锋队本身分离出来的、更加贴近元首需要的党卫军所剿灭的。面对成长速度惊人又能力超群、手握国内外情报资源的海德里希，海因里希·希姆莱绝不希望同样的事情也发生在自己的身上。

就在他为这件事忧心忡忡的时候，英国人却在无意间"帮"了他一把。

在捷克斯洛伐克担任临时统治者期间，海德里希对当地实行白色恐怖和高压统治。然而同时却又有意识地引导当地人在舆论和认识上倾向德国人，并对于这些居民加以褒奖和良好待遇，以此来迫使沦陷区人民与德国

希特勒四大爪牙·海因里希

的利益渐趋一致,消减游击队和抵抗人士的生存基础。他还命令属下利用民间的告密和搜集的情报主动出击,击破了数个盟军驻留在本地的间谍组织。英国方面为了铲除这个威胁,就启用了一批捷克斯洛伐克在战争早期逃离沦陷区投奔盟军的士兵组成敢死队潜回祖国隐蔽起来,准备对海德里希进行刺杀。由于常年驻扎在占领区,海德里希很注意保护自己,不过也许是因为恶贯满盈,潜伏的刺杀者等待多时,终于得到了海德里希一次出行的情报。而这次的出行,由于行程较短,而且所涉及的地方都是当地已经处于德国控制之下的城镇。海德里希为了彰显"总督"的亲民之处,没有带什么护卫同行,这就给刺杀者动手提供了机会。1942 年 5 月 27 日上午,海德里希的车队经过一处平缓山道的时候,遭遇了捷克斯洛伐克暗杀小分队的截击。手榴弹混杂着石块像雨点一样投向毫无防备经过公路的汽车,大量弹片穿透了车身,海德里希身受重伤,但是一时还没有生命危险。然而,他被后续赶来的德军送往后方医院时,伤口情况却不受控制地发生了恶化,在医院中抢救多时,最终还是因为严重感染而于 10 天后死去。后来曾有人猜测,是海因里希·希姆莱在这段时间命人在医院动了手脚,使原本伤情并不致命的海德里希变成了"伤重不治",死在了东欧。

这件事情,带来的是三个结果:首先,海德里希之死让希特勒和整个纳粹德国如同被砍去了一截胳膊,从此在情报方面的优势一去不复返。直到战争结束也再未能恢复过来,也让盟军方面的潜伏人员和前线战士因为能够避免再受到他的威胁而松了一口气。其次,损失了如此一位能干而又残忍高效的鹰犬。希特勒感到十分悲伤,随之而来的就是震怒。在他的授意下,党卫军"欧根亲王"志愿师屠杀了距离其遇害地区不远的利迪策村所有 16 岁以上成年男子。妇孺全部送入集中营,婴儿被强行掳走送交德国家庭养育,整个村子都被夷为平地,造成了一幕难以用语言表述的人间惨剧。最

后，作为德国方面唯一受益者的海因里希·希姆莱，却用一副和平日里无甚区别、慢条斯理的寡淡面容主持和参加了前任同事、下属兼竞争对手海德里希的葬礼。然而，圆形的黑框眼镜后面掩饰不住的是他的庆幸与得意。海德里希辛苦奔波建立起来的一切成就成为了白白为人所做的嫁衣，还是回到了海因里希·希姆莱的手里。

消除了海德里希这个身边的定时炸弹，海因里希·希姆莱再次将夺取权势的目光转向党卫军以外的地方。到 1942 年年末，德军在正面战场上不断失利，国防军的失败，使希特勒越来越寄望于效忠于自己的党卫军，能够在战场上发挥奇效，力克如同潮水一样频繁出现的反击。

原本当双方兵力相当时，进攻和防守作战时部队所承受的压力是截然不同的，期待在全面防守作战时能够得到如同发起奇袭时的战果，无论如何都是不现实的。然而 1940 至 1941 年轻易的胜利给希特勒和德国人留下的印象实在是太深刻了。对于面子的苛求使希特勒不顾现实情况，执意要求前方部队死守每处，无论是否能够承受攻击的据点。这对于在前方持续作战的正规军无疑是势比登天，许多部队都因为这种不切实际的命令而遭遇了进退两难的处境。在这种背景下，被称为"战场救火队"的党卫军部队再次开始了它们在前线的表演。作为希特勒和纳粹党的私兵，党卫军具有极高的荣誉感和战斗意志，其中尤以被称为"阿道夫·希特勒党卫队警卫旗队"师团的党卫军第一装甲师等数支部队战斗力最强。这些部队的成员深受海因里希·希姆莱一手打造的"元首——德国——日耳曼至上主义"思想体系的灌输和影响，对于纳粹德国的存在与元首希特勒命令的认可程度极高，是不折不扣的战斗机器。曾经转战东西两线，一直被作为开路先锋使用，战斗力和装备水平是得到敌对双方一致认可的。而这一次，他们将要对的，是来自十几个国家反攻的怒火。

希特勒四大爪牙·海因里希

偏宠制造的怪胎——党卫军

在少年时代，海因里希·希姆莱曾经十分希望成为一支武装部队的领导者。现在他如愿以偿了，虽然不能亲身率领它们，但他仍然是这支德国士气和战斗意志最犀利部队的缔造人。然而，盟军的强势从美国加入欧洲战局和苏军在库尔斯克战役的成功，已经成为了德国必须面对的现实。其带来的影响尤其强烈，尽管苏军在本次战役中为了夺回领土和据点，而献出了高达一百八十万人的伤亡，坦克和火炮的损失总数量过万台。但原本就有着很长战线、军队和装备数量较少的德军由于丢失了制空权，也遭遇了七十多万人的伤亡，其中三十万被直接击毙在战场上，战情的激烈可见一斑。

在这场战役中，党卫军第二师与苏军在苏联普罗霍洛夫卡地区的平原上相互对冲，双方大量坦克被击毁。乘员和协同的步兵从装甲冲锋打成了用冲锋枪和步枪对射的阵地战，又从阵地战打成了白刃战和肉搏战，战况十分惨烈。虽然苏军没能按照计划完全摧毁这支部队，但是党卫军第二师仍然损失严重，被迫后撤换驻西线去应付盟军即将到来的登陆行动。被视为核心王牌的党卫军第一师更是险些被苏军团团围住，士兵们拼死作战没有让苏军的包围圈成功合拢，直到正规军前来支援才成功脱困。这使得东线的正规军和党卫军两套系统都不同程度地受到了重创。然而与此同时，在东线后方的屠杀工厂——集中营里以骷髅为标志的党卫军部队却仍在大肆杀害犹太人和斯拉夫人,将他们的工作成果和批量从他们身上剥夺的财富统统送往后方的德国,这无疑形成了一种十分诡异的对比。

在海因里希·希姆莱看来,党卫军的行动原则只有一个,那就是无条件地遵从纳粹高层下达的所有命令,除了希特勒的之外,主要就是他自己的。由此制造出了这种重视荣誉的同时,却又暴戾好杀恣意屠戮弱小的怪物。从某种意义上来讲,只要希特勒和他的利益仍然捆绑在一起,这些战争机器和政治斥候也依旧就是他的所有物,像会自动犁地的耕牛一样为他不断带来政治和现实利益上的巨大收获,也会为他继续向自己编造出来的"雅利安神话"前进而开道铺路。因此,无论如何,他都要保证这支握在自己手中的队伍的利益与势力。

在第三帝国后期的岁月里,作为手握党卫军和元首在党内的最亲密人物,能够在希特勒面前与海因里希·希姆莱分庭抗礼的唯一人物,就是在啤酒馆暴动中和希特勒一起遭到枪击的战友戈林。然而不同的是,他们虽然都十分热衷于权势,但有别于戈林晚年已经成为了典型的现实主义者的状态,海因里希·希姆莱却仍然对自己的"信仰"十分虔诚。事实上,也正是他在帝国风雨飘摇的过程中,仍然用这种狂热来维系着整个党卫军集团和纳粹支持者们的思想,稳固了后方的人心。在军事上,他持续的精神灌输使党卫军始终保持着比前方部队更加高昂的士气和忠诚,其效果尤以党卫军的数支一线装甲师最为显著。这些部队作战凶猛无畏,每次在前线登场,就算不能立即取得局部的战果,也能够比较好地遏止敌人的攻势,即便是作战失败,也会力战到最后一刻,极少被俘或被迫撤退,并认为以这种方式才能充分表达对元首的忠诚。与一直在一线直面盟军巨大压力的正规军,表现呈现出了很大的反差。这些情况看在眼中,自然而然地让希特勒心里对那些难以完成自己苛求而又意见不断的正规军部队和可以不计代价作战、绝对听话的党卫军之间分出了地位高下。在战争后期将更多的信任和依赖,放在了党卫军和作为它们统领者的海因里希·希姆莱身上。然而,这种信赖却又进一步成为了海因里希·希姆莱向希特勒索取更多权势、打压来自正规军将领的内部竞争资本。

可以说,党卫军和国防军两套武装系统之间的这种矛盾,恰恰是军方的代表人物如戈林等与海因里希·希姆莱之间权力与利益斗争的直接体现。但是从更加宏观的角度来看,党卫军的成功"表演"同时也意味着正规军所遭遇的问题有多么严重。在 1942 年到 1943 年期间,盟军已经在西线逐渐完成集结,在非洲等地的原英法荷殖民地也展开了对德军的作战。大量的部队被从东线调集到了战况正烈的非洲和即将迎来大战的法国海岸,根据当时德国统帅部对苏联军队剩余实力的估计,精打细算地留下了数量刚好堪用的部队。但是事实证明,他们严重低估了苏军的反扑实力和后勤生产能力。在库尔斯克会战之后,德军东线部队遭遇重创。再也无力向前推进战线,全面转入防御作战,从此基本可以用一蹶不振来形容。而到了 1944 年,更加致命的诺曼底登陆劈开了德国人精心构筑的法国海岸防线,重新引爆了西线的战事。在数量上占据绝对多数的正规军接连遭遇的不利,反而成就了精锐的党卫军的战绩。这些精彩的单场战斗无法阻止德军接连败退的现实一再出现,却让希特勒产生了"可以用党卫军来挽回败局"的错觉。大量的经费、科技以及人力资源被转入到了海因里希·希姆莱和党卫军的名下。不过,真正让希特勒内心完全倾向党卫军,还是因为 1944 年夏天发生的刺杀事件。

1944 年 7 月,随着诺曼底阻击登陆的失败,英美军队楔入维希法国境内,加上苏军已经攻破德军在波兰的防御,战线不断向西延伸,已经越过了尼门河逼近德国本土。德军在东西两线全面陷入了被动当中。国防军的大量损失，使当时德国境内的反纳粹、反希特勒的声音再次开始浮现，军方内部也出现了不少对于这种近乎自杀式的四面树敌行为的反对之声。但是在希特勒的偏执之下，提出与东西线任何一方对手媾和意见的军官都受到了严厉的斥责，这激起了军方和民间的极大不满，一些对希特勒敌意最为深刻的个人和组织开始打算通过刺杀的手段来终结希特勒的统治。但是之前发生的几次炸弹刺杀都被希特勒侥幸躲过或因各种缘故而败露，反而使他加强了警惕性，变得更加深居简出。当时德国军队内部密谋刺杀希特勒集团中有一位名为克劳斯·施道芬堡的残障军官，是军队中谋刺意志最为坚定的人，也是对希特勒为个人野心而大批葬送德军士兵感到最为愤慨的人。

施道芬堡曾经连续三次参与刺杀行动，但是都没有能成功干掉希特勒。在密谋团队的支持下，他获得了一批新的炸药，准备进行第四次刺杀。与前三次不同的是，这一次，他打算直接混进希特勒的居所里去布置炸弹，这次行动，就是被后世人们称为7.20事件的刺杀行动。

施道芬堡原本是一位精明强干的陆军军官，在纳粹党上台后之初曾经对拥有很强执行力、将国家拉出经济危机泥潭的希特勒当局十分拥戴。但是，当希特勒执意扩张军队，对外侵略捷克斯洛伐克和闪击波兰之后，他开始怀疑自己为之效忠的政府是否符合德国的需要。尤其是在成功侵占法国并撕毁和平条约进犯苏联、却在严冬和苏军顽强阻击之下付出沉重伤亡代价的情况下，希特勒仍然一意孤行地要将在东西欧和非洲同时发动的战争进行到底，并下达了大量不切合实际的命令，造成了更多战士的生命被无端消耗，这让当时在隆美尔手下担任部队指挥官的施道芬堡对希特勒的不满和厌恶日渐积累，尤其是当他在遭遇美军攻击导致伤残之后，对希特勒

希特勒四大爪牙·海因里希

的憎恨更是到达了顶点。

由于无法继续带兵在一线征战，希特勒将施道芬堡调回国内担任"本土兵团"的指挥官，这一任命为他准备刺杀制造了绝好的机会。通过和志同道合者的密谋，施道芬堡等人拟定了一个由他动手刺杀位于狼堡开会的希特勒及其高级军政官员，其他德国本土的同谋军官利用职权调动本土军团士兵来配合发动武装政变、将纳粹党剔出政府的计划，所使用的行动代号就是"瓦尔基里"。

这个名字，取意北欧传说中专门在战场上搜集战死士兵灵魂，并将之带往神王奥丁居住的瓦尔哈拉天宫的女武神，指代的就是将要由自己和伙伴们扮演武神天使，用炸弹将希特勒等一干把持德国政权的纳粹党徒一举消灭。

在行动当天，他携带炸弹顺利在会场布置下来并引爆。但因为原本在会议桌下放置妥当的炸弹提包被人无意中移动了一下，使爆炸的绝大部分威力被厚重的桌腿和桌板所挡住，只炸伤了希特勒并将他的一只耳朵震聋，却没能如想象的那样将希特勒成功炸死。而另一方面，同谋的军官们又因为种种原因而耽搁了在后方调动部队的时机，希特勒没有死的消息泄露，导致行动完全失败了。

原本，作为国内情报终端和负责保卫希特勒的党卫军头目，海因里希·希姆莱在几天前就得到过部下报告，称有军官私自携带未经报批的疑似爆炸物通过城市交通要道。但是他考虑再三，将事情压了下来，只是要求部下严格监控嫌疑人。但当被炸伤后惊魂仆定的希特勒抓捕谋刺者的命令一到，他的动作却快得吓人，几乎是即刻调动了所有党卫军系统内部的人员对军队内部进行搜查。

海因里希·希姆莱的心里十分清楚，只有嫌疑而没有实际的行动，这种程度的威胁是无法引起元首的关注的，即便主动查办，也无法在希特勒面前请功。只有当这种刺杀真正发生后，让希特勒真正体会到逮捕这些危险分子的紧迫性，才能凸显出自己卖力搜捕的价值。但是，这件事也让海因里希·希姆莱自己也出了一身的冷汗，根据以往几次的经验，刺杀者使用爆炸物是很难接近元首本人的，加上希特勒警惕性很高，又有保镖保护，这种刺杀充其量也只能对元首造成一些惊吓。但这一次，不但炸弹被送到了希特勒的眼皮底下，也让他险些真的被炸死。如果施道芬堡这次真的成功了，那么对海因里希·希姆莱来说最大的支持也就将从此消失。新政权建立后，纳粹党一旦被宣布为非法组织，那么无论是自己还是党卫军在全世界无论什么地方都将再也没有立足之地了。

为了对事前的迟钝有所弥补，秘密警察（盖世太保）部门全力开动，几乎是在爆炸当天就控制住了刺杀的主谋施道芬堡等一系列人员，未经审讯就直接枪毙了他们，并在焚烧之后挫骨扬灰丢进农田。

希特勒四大爪牙·海因里希

7.20 风波

施道芬堡等人的死只是一个开始。在海因里希·希姆莱的指示下,秘密警察部队在国内展开了大肆搜捕,目标的范围从参与者扩大了几个数量级,将这些人的亲友同僚以及所有有过瓜葛和牵连的人全部逮捕收押并遭到刑讯逼供,无论是在城市里还是在前方军队中的人员。

7月20日当晚,就有近一千人蒙受厄运被捉进牢狱,几天后,这个数字扩大到了惊人的近8000人。仅仅国防军和陆军司令部受到牵连的军官就有数十人之多,近百位将军分别被杀害、判刑或被迫自杀。不过,其中究竟有多少尽管与爆炸案本身没有多大关系、却因为隶属国防军系统之下曾经对党卫军有敌意或存在矛盾者而被海因里希·希姆莱趁这个机会一并除掉的人,至今人们仍然不得而知。

这场来自军方内部的刺杀,让希特勒对德军正规军的印象恶劣到了极点。也给海因里希·希姆莱从正规军手中攫取利益带来了新的契机。为了进一步增强党卫军的作战效能,另一方面也是为国防军内部以往对密谋集团的存在查知不利作为惩戒,希特勒允许了党卫军的进一步招兵买马。

为了对作战部队的损失有所补充,同时也是为了能让非日耳曼裔的纳粹支持者能在战场上发挥作用,海因里希·希姆莱降低了招收人员的门槛,以"反共十字军"的名义吸收了大批来自东西欧地区的志愿者,其中有许多都是社会底层人士以及来自苏联加盟国家旧政权在欧洲国家的流亡势力，甚至有一部分是来自印度等亚洲国家的人士，后者所属的绝大多数被安排去对抗苏联红军，巧妙地避免了他们在西线作战时可能要与自家祖国军队对抗的尴尬局面。

经过这些新力量的补充，德国党卫军的兵力鼎盛时期，达到了将近四十个团，总人数超过 90 万。整编精干，训练严格，装备优良，伤亡率和作战交换比较之正规军更为优秀。海因里希·希姆莱甚至一度"谦虚"地对德国国防军高层表示："在战场上遇到困难的局面，可以交给我们党卫军来完成"。与此同时，海因里希·希姆莱还把手伸向了军备研发的部门。

因为连年战争，武器的生产研制是德国整个国家当时最重要的事务之一。世界各国在"二战"当中使用的武器都有各自的特点，这主要是由其使用的地理气候、军事传统以及人员因素影响所决定的。作为盟军和轴心主要的敌对双方，苏联的军工产品要求结构简单，工艺便捷，方便大量生产和维护，提高战场适应性和可靠性。并根据兵员数量优势适当降低普及性武器装备的精度，以降低其研制生产和保养成本，取而代之的是利用火力密度来弥补精度不足的缺点。

与之形成鲜明对比的是，作为对手，德国武器基于本国兵力基础相对薄弱的先天条件所限，在装备的精密度和耐用性上下了较多的功夫。虽然成本上升到了一个颇为吓人的地步，但却拥有了更高的作战效能和使用寿命，以达成以较少的兵力实现更大战果，并且作战工具可以得到持续长久使用的要求。这两种特性都是根据苏德两国军队特点而逐渐演变形成的。但是在当时的战局之下，苏军原本粗糙的制作工艺在前方德军进攻被遏制、使后方后勤生产状态得以变得稳固安全之后，随着生产工艺的改进和熟练工人的增多，而在保持数量的基础上得到了精度的改善。德国却因为

希特勒四大爪牙·海因里希

战线一直萎缩，而丧失了大量原本占领的资源和工厂，加上前方部队装备人手损失很大，导致普及性武器制造工艺和生产用材的标准乃至其产量都不断降低。这个过程虽然缓慢，但是却仍然给前方使用者带来了不良的影响，导致了进一步丧失资源与生产基地的恶性循环。为了改变局面，德国方面认为应当开发一些高效能的战役、战略级别作战武器，以求有效改变前线战况的发展进程。

未能挽救战局的秘密武器

  早在 1939 年,海因里希·希姆莱就曾经和纳粹德国武器研发机构有过接触。不过当时,他对将权势管辖范围扩展到武器研究方面还没有明确的概念和太多兴趣。直到后来 V 系列弹道导弹的出现,才使他重新燃起了对这类"决定性武器"的期待。

  作为一个纳粹团队里标准的文人,海因里希·希姆莱对于 V1 和 V2 导弹的概念,不会比一颗射程扩大到几百公里的大号炮弹更具体。但是他却准确地感觉到这种武器的威慑作用和战略潜力。1944 年刺杀行动失败后,海因里希·希姆莱被任命为国内预备军司令官,这意味着希特勒正式将未来的重要作战任务,交付给他麾下的党卫军系统来完成。

  借着这个机会,在海因里希·希姆莱的建议和请求下,原本由陆军武器局研制生产的 V2 型导弹被转移到了党卫军经济管理局名下。由此,党卫军终于成功地在地位上完全凌驾于正规军之上了。同年,定型的 V2 型导弹于 9 月首次投入实战,6 日发射的两枚批量生产型 V2 没能命中指定地带。但8 日发生的单枚导弹却准确地落在了伦敦的市区,为伦敦居民和盟军布防于此的防空力量带来了不小的恐慌。

  但是,希特勒等人显然过分高估了这种武器的作用。直到战争结束前,纳粹德国总共发射了将近 3500 枚 V2 型弹道导弹,但是却没能吓阻住反法

希特勒四大爪牙·海因里希

西斯盟军向柏林推进的脚步。到了 1944 年末,已经丧失差不多全部境外据点和被征服土地的德国所能够依靠的,就只剩下位于本土的精锐党卫军和正规军而已了。直到此时,海因里希·希姆莱才发现,他终于要以一种最迫不得已的方式来终结自己争夺权势的道路。同时,也即将以一种从未想象过的方式实现自己少年时代的梦想——那就是统帅和指挥由自己一手缔造的部队,对抗即将踏上德国领土,将往日所遭遇的一切悉数奉还给德国人的复仇大军。

第八章

末日前的荒唐表演

失败的阿登反击

1944 年末，德国集结了各条防线上最后可以抽调的机动兵力和精锐装甲突击力量，总共将近三十万人。经内线运输隐蔽调动到了位于西线的德比边境，从阿登山区发起进攻。

10 月份的时候，面对德军在前方的节节失利和盟军三面合围的趋势，德军统帅部认为必须在盟军攻入德国本土之前采取行动。盟军虽然在进入法国后战事上进展顺利，但是后勤补给的困难却一直影响着这支庞大的队伍。当时最主要的海运港口又远在法国海岸位于诺曼底不远处的瑟堡，直到攻克比利时的敌军并夺取安特卫普之后，盟军才得到了一座可供大型货轮停靠的深水港。

俗话说，兵马未动，粮草先行。弹药食粮的匮乏难以支持西线盟军继续发动大规模战事的消耗。因此，盟军采取了稳扎稳打的策略，在调运物资进入安特卫普港的同时也减缓了部队开进的速度，在比利时本地开始布防，这暂时的停顿，给予了希特勒发动偷袭的时机。

1940 年，德国利用了人们概念上的错误，将自己的精锐装甲部队从被认为是过于崎岖而无法通过履带车辆的阿登山区道路送进了比利时，绕开了所有盟军和比利时军队的拦截，长驱直入杀进了英法联军的侧后方。迫使联军撤往因为过于信任马奇诺防线，而变得几乎无险可守的法国内陆，成就了一个月灭亡拥有欧洲第一防线和欧洲第一庞大陆军的法国的奇迹。现在，当盟军的脚步重新踏上比利时，让希特勒想起了当初近乎不可思议的成功，阿登小道也因此再次被摆在了桌面上。安特卫普成为了这次进攻的最主要目标，以迫使盟军的战略前沿向法国境内收缩、让法国的内陆重新暴露在德国的军队面前为最终目的。只要这次作战获得成功，希特勒就拥有了迫使盟军停战谈判的资本，德军就可以转过头来专心对付凶猛的苏联红军，从两线作战中解脱出来了。

这已经是德国剩余可利用的军力所能做的最后一次尝试了，希特勒更是对此次偷袭给予了厚望，在其中投入了数个党卫军的精锐师团作为开路先锋。由于盟军一直以来牢牢把握着战场上的优势，因此在被赶回国境线以内的时候突然发动如此规模的进攻，是有希望将盟军打个措手不及的。然而，这一次，希特勒的如意算盘没有打成。德军最初的突袭非常成功，通过对盟军部署薄弱区域的进攻一举俘获了美军整整两个团的人马，之后一路高歌猛进。而盟军方面由于德国行动过于突然，前方情报十分模糊，加上天气问题使空中力量难以出动，遭受了不小的损失，多道防线均被攻破。但德军在来到一处位于通向安特卫普要道之上名为巴斯托涅的小镇时，却遭遇了十分顽强的阻击。

面对拥有优势兵力的德军，驻防美军寸步不移地抵挡对方的狂轰滥炸。几天后天气转好，盟军空中力量立即对德军发动了猛烈的打击，陆上部队也在巴顿将军等的率领下支援前方守军。德军和盟军激战一场之后，以双方各自损失约十万余人的结果结束了的这场战役。但是德军获取战场主动权的最后希望，连同这珍贵的十万核心战斗人员与损失的重装备一同烟消云散了。

对于此时的德国来说，剩下来的，就只有死守本土这一条路了。

和意大利的情况完全不同的是，即便已经到了这步田地，纳粹德国政府在国内的政权仍然颇为稳定。这其中固然有真正支持纳粹当局政策以及对希特勒个人崇拜的人在内，而另一方面，这也很大程度上是由于纳粹的内部宣传和海因里希·希姆莱及其麾下党卫队、秘密警察对异己分子的高压恐怖手段所造成的。不过，时至今日，海因里希·希姆莱已经无暇他顾了，他正要面对自己有史以来所要担任的最为严峻的情况——一个名为"维斯瓦河集团军群总司令"的新头衔，已经被添加到了他的履历当中，这意味着，他将要真正去率领一支属于自己的部队与敌人进行战斗了。

　　虽然手下掌握的党卫军部队，从"二战"打响之后一直都是德军上下公认的精锐军团。但是，一手组建了它们的海因里希·希姆莱本人在战斗指挥的经验上却几乎可以算是白纸一张，他从未曾亲自制订过作战计划，甚至因为有轻度晕血症的缘故，不仅从未来到正面战场视察过战斗，甚至连观看过自己亲口下令进行的犹太人屠杀行动之后也曾经一度昏倒。学生与青年时代分别在步兵团和社会活动党团组织里时，有过充当不接触前线的普通士兵的经历，几乎就已经是他对战争所有概念的来源。

　　其实，早在 1944 年末的阿登反击战中，海因里希·希姆莱就已经担任过上莱茵集团军群司令。不过在当时，他率领的部队只是作为辅助主力军团进攻的从属部队。与蒙哥马利率领的盟军阻击部队只经过了轻度的交战就全线溃退，其指挥能力和战斗决心之糟糕可见一斑。这一次，他却要扮演的是一位货真价实的命令发布者。

　　希特勒并不愚蠢，他只是偏执。但这种执意却好几次让他的行为为自己和纳粹德国带来了比愚蠢更为严重的后果，海因里希·希姆莱并不是一个适合上战场的人，这一点希特勒自己应该比任何人都要清楚。他是一个典型的，办事节奏缓慢的文职官员，严格一些来讲，是个挂着政客身份、满

希特勒四大爪牙·海因里希

脑子唯心主义思想的书生。擅长的是在政务和人事组织层面的运作,这些事情上需要的既不是当机立断,也不是果敢勇毅,而是对于人际关系的把握,但这些经历所积累起来的经验对于既要有坚定的作战意图与方向、又要抓住瞬息万变战机的战场指挥却一点帮助都没有。

在德国,恐怕任何一个连排级的基层指挥官、无论是党卫军还是国防军系统下出身的,在战场情况掌握,战情判断,指挥方略与战术战技的掌握,以及对武器装备的熟悉程度与运用组织能力上,都要比海因里希·希姆莱强很多很多。然而此时,希特勒却已经没有了选择,因为在地位、身份、资历上能够担负起率领集团军群进行本土守备作战的国防军将领,要么已经在外战内斗中被俘或阵亡,要么就已经因为作战失利或提出过不同意见而变得不再受希特勒的信任。而党卫军本身的最高领导人就是海因里希·希姆莱本人。对于党卫军的过度倚重使脾气随着不断失败,而日渐偏激的纳粹元首将海因里希·希姆莱逼上了这个位置。

然而,此时此刻面对这一任命,海因里希·希姆莱自己的心中却有着另外一番滋味。

作为德国和纳粹党两个层面上的政界老手,海因里希·希姆莱知道自己的政治能量有多大,但是军事统帅才能方面却从未有过建树,少年时代的热血和雄心在多年的内外斗争和权力争夺中,已经变成了彻头彻尾的阴暗与投机。尤其是在阿登一役中失败的指挥,使他见识到了真实战争的残酷性和不可斡旋性。他往日的权谋和以特务、秘密警察等非正面战场的武装体系支持起来的羽翼无从发挥,唯一能依赖的,就只有尚可一战的武装党卫军而已,但在所有的策略仅限于发出"进攻"和"撤退"命令的海因里希·希姆莱手中,他们能发挥的作用,也就可想而知了。

无能的指挥官

一支完整的师团级部队,只有它能够保证在战场上成功地扮演阻击者或突击者两种不同的角色时,它才能被称为一支有战斗力的部队。而指挥官,则是确保战斗力能否正常发挥的关键。以在阿登战场上与盟军的遭遇战为例,当时海因里希·希姆莱是在突击安特卫普的 B 集团军前锋投入战斗之后几天出发的,他手中所掌握的集团军群在装备水平上和盟军部队基本相当,而整体规模则略胜于盟军一方。由于德军的目标是在突击安特卫普之余将盟军部队的后方撤退通道切断包围在比利时境内,如果在此时机能够对敌军情况得出比较准确的判断,大胆地集中火力和人力对处于阻击作战地位的敌军进行压制,即便不能全歼敌人,也能为前面进攻安特卫普的部队减轻侧翼压力。

然而,在最初的交锋没能在对手手中占到便宜之后,海因里希·希姆莱对于这股敌人的规模产生了过高的误判。因为犹豫不决,没能发挥出靠近本土作战的优势,反而拖延到了在宏观上占据兵力总数优势的盟军后续援军赶到。这让海因里希·希姆莱产生了对部队被击败导致自己最终被盟军俘虏或击毙的恐惧,出于这种畏惧心理,他下令撤退。然而,这道仓促发出,没有周到安排甚至可以说毫无理由的命令成了德军的催命符。未曾布置交替掩护阻挡敌军追击的任务,使各个团、旅部队忙于后撤逃命,在乘胜追击的盟军凶猛打击下遭受了不小的损失。所幸的是,这次战败被包含在了阿登反击战役整体失败当中,海因里希·希姆莱自己没有被追究责任,但是,这却成为了日后直属海因里希·希姆莱麾下的党卫军和维斯瓦河集团军群正规国防军的最大不幸。

这次战斗的失败,对于海因里希·希姆莱来说倒也并不是完全没有意义的,经过此役,他深刻地认识到了一件事:那就是作为战场指挥者如果想要在人们眼里留下至少不坏的印象,那么就不能有犹豫,即便是不明智甚至根本就和愚蠢无异的命令,也一定要让部下执行到底,打光了部队,也能为自己赚得一个顽强英勇的好名声。在海因里希·希姆莱眼中,党卫军师团和希特勒这个元首一样,都只是他谋求地位的工具而已,希特勒关于维斯瓦河集团军群司令的这个任命,让他作出了一个最为卑鄙的决定:基于党卫军的愚忠和顽强战斗力,利用他们作为骨干部队,在国防军先锋部队的配合下,抵抗消磨将要面对的盟军进击部队。

如此混蛋的指挥逻辑,带给他的结局必然只有一种。在 1945 年 3 月初,挂着还没戴热乎的集团军群司令头衔的海因里希·希姆莱,硬着头皮驱使部队在巴拉顿湖一带对苏军展开反击。在战斗开始前,海因里希·希姆莱根据参谋提供的情况了解到敌军的阵容并不算是很严整,阵地布置显得相对松散,炮火准备也没有开始。他混沌的大脑一时冒出了一个念头,下令己方部队的主力立刻前出。因为他根据苏军的消极情况估计对方可能是正在等待可发动反冲锋的支援到达, 或者后方火箭炮的发射正处于整装状态,因此打算趁对方还没有开始冲锋之前发动近距离突击,力图用这种方法打对方一个措手不及形成混战,以此来迫使苏军令人生畏的中程炮火和火箭炮覆盖无法生效,逼迫对方后撤重整阵线。

然而他没有想到的是,这样一来,德军机动部队与防线上布置的掩体之间的距离一下子就拉大了。当德军的部队冲击到达一定距离的时候,苏军的后方火箭炮群突然发动，将机动部队的后路完全切断，苏军前方队伍当中的反坦克炮也连续开火，重型迫击炮和中程火炮开始覆盖作业。德军加快了冲锋速度，希望能依仗数量优势一鼓作气打穿对方的防线，分割对方部队迫使其退往莱茵河对岸。但由于德军没有准备佯攻，战术意图很容易判明，苏军相对应地加大了火力投入，进攻发动没有多久，德军的前进速度就已经被削减到非常缓慢的地步，伤亡十分巨大。但为了能将苏军的脚步遏止在莱茵河对岸，德国人只能把仗继续打下去。在柏林发来询问战情的电报时，无比尴尬的海因里希·希姆莱只能用装病的办法糊弄过去。

面对糟糕的指挥所造成的防线和部队损失，时任德军参谋总长的古德里安感到痛心疾首，他几次向希特勒请求将海因里希·希姆莱的指挥权解除，交给其他富有经验的将领接替指挥。但是希特勒却对国防军系统出身的军官仍然芥蒂深种，对古德里安的建议不予理睬。这使得巴拉顿湖地区的战况持续恶化，然而这还不是最糟糕的，为了弥补错误指挥所造成的损失，海因里希·希姆莱完全不顾及实力上的差距，在已经丧失突击速度和火力优势的情况下命部队全力向前突破，使大量的德军官兵毫无意义地死在了苏军强大火力下，巴拉顿湖畔一时满地遗体和损毁的军械残骸。以至于一贯善战的党卫军残部和部分正规军到了后来因为惧怕苏军包围全歼，居然自己偷偷逃离了战场。如此一来，局面变得更加不可收拾。眼见已经把一场阻击战打成了活活送死，海因里希·希姆莱只能带领残余队伍撤退，将阵地留给了苏军。希特勒对他的表现感到愤怒之极，对海因里希·希姆莱怒斥了一番，下令收回以往颁发给逃跑的党卫军第六装甲师的全部荣誉评鉴和勋章，但在古德里安的解劝下，希特勒念及旧情，没有进一步对他本人问罪，只是将部队指挥权转交给了其他人，但从此之后，海因里希·希姆莱再也没有被希特勒所起用过，他在希特勒政府的政治生命已经基本完结了。

希特勒四大爪牙·海因里希

易北河会师

　　战争是不等人的。到了 1945 年春季，在德军的主要阵线上都有着规模上占据着一倍到几倍优势的反法西斯同盟阵营的军队，对垒带来的压力在前线德军的心理上是有着很大影响的。加上盟军不遗余力地发放劝降传单和广播扰乱对方军心，德军自上而下的士气和战斗意志在这段期间开始进入了全面低潮期。尤其是在德国陆军的王牌统帅隆美尔等人相继因为各种原因而离世或被收押、俘虏之后，前线败退的残军撤回本土之后又被重新并入其他整编部队，使这部分士兵们因此而变得缺乏归属感和信心。

　　此时，德、盟双方的指挥官心中都十分清楚，这必将是一场难打的仗，但也是一场非打不可的仗。但是对于德国当局来说，在两个兵力远胜于己、且决意将其铲除的对手面前究竟还能有多少作为，已经是可想而知的了。

　　德国组织的阿登反击战失败后，反法西斯同盟加快了对德国本土进攻的脚步。1945 年 4 月 16 日，在多日的激战后，苏军成功夺取德军奥德河防线的阵地，突入了德国的萨克森州。当地的德军组织了几场规模有限的巷战，但是没能有效阻挡苏军的推进。不过现在，苏军对于这片地区的兴趣和关注度并不大，他们的目标只有一个，那就是直取纳粹的邪恶中枢所在——柏林。4 月 25 日，苏军的先头部队进入北萨克森县一带，沿易北河向西北方向行军，就在托尔高镇附近，一场特殊的邂逅在这里上演了。一队身着灰绿色军装和钢盔、打着绑腿，看起来风尘仆仆的军人出现在了前方不远处，朝着苏军的队伍径直开来。但是双方都没有开枪，因为，这些人正是从西线莱茵河攻入德国境内的美军第一集团军第 69 师的侦查连。

两支在反法西斯同盟阵营中最为庞大的武装力量，终于在他们共同的敌人境内胜利相会了。而这也意味着，反法西斯同盟的部队已经将德国境内的德军一分为二，成为了南北分据的局面。

当年德军在法国境内突击穿插、分割打击英法联军以及在乌克兰境内作战时所做的一切，终于在自己的国土上重演。而且，更加沉重的打击即将降临在德国军队的身上。

经过短暂的会议和对形势的分析，美军和苏军双方商定，由于当进入德国境内的盟军和苏军，对仍有作战能力的德军单独并不占有数量上的优势。为了便于部队的指挥和对柏林及其外围守军形成针对性的打击，破坏敌方的防御作战节奏和相互支援，双方并不合流。而是仍然从原定的路线上共同对德军发动打击，力求尽快结束战争，避免部队受到更大的伤亡。此时，苏军所在的托尔高镇距离柏林已经只有 100 多公里的距离。按照计划，朱可夫元帅将率领部队继续北上，以多路合围攻击柏林的方式完成最后一击。由此，史称柏林战役的作战行动正式展开，也宣告了纳粹政府和希特勒命运的终结进入了倒计时的阶段。

战争进行到了这一步，德军已经不需要太多的情报来判断反法西斯同盟的大方面动向了，苏联的军队已经把枪顶到了柏林的胸口上。然而，在这种危急的时刻，纳粹高层却出现了意见上的分歧。

作为纳粹德国政府的元首，希特勒早在一个多月以前就宣布了自己坚守柏林的决定，他拒绝了部下提出撤离情势已经危如累卵的柏林，通过空中通道前往南方相对安全地区的提案，执意要留在柏林的总理府中"迎战"

希特勒四大爪牙·海因里希

苏军。而他最亲信的两个人物——分别代表军方和党卫军的戈林与海因里希·希姆莱此刻却全都没有在他的身边。在柏林受围之初，得权心切的戈林对希特勒发了一封过于露骨的电报，询问希特勒曾经许诺过当他将要失去行动能力或死亡时，将帝国的统治权交给自己的话是否可以兑现。言下之意，他已经觉得希特勒必将会在柏林围城之战中死去。这番触犯了忌讳的话，引得原本就心情低沉的希特勒当场大怒，下令逮捕了戈林，并在 4 月 16 日将之软禁了起来。

挣扎与背叛

　　帝国第二号人物一夜之间失势的消息，也传到了手中已经失去正规军控制权，只有一批临时拼凑的秘密警察组成的三线部队的海因里希·希姆莱耳朵里。

　　同样已经对这位时日无多的元首在忠心上有些心猿意马的他心里清楚，现在的希特勒已经完全没有心情追叙以往的交情了，继戈林之后，他完全有可能成为希特勒下一个迁怒的对象。思前想后，他做一件极其厚颜无耻并足以令在他指挥下战死的所有德国士兵为之蒙羞的事情。

　　趁苏军围困柏林的战事正紧，海因里希·希姆莱偷偷派遣了自己的心腹，通过中立国瑞士的英美大使馆联系了时任西线盟军最高长官的艾森豪威尔和蒙哥马利，希望能以帝国高层的身份单独与英美盟军媾和，愿意里应外合废除希特勒的统治并将他交给盟军，希望能在盟军的扶持下以自己为中心组建亲英美的政府"共同对付苏联人"。然而，亲眼目睹了在欧洲各处集中营里被残害的人们凄惨处境与纳粹使用的枪毙墙、毒气间、剥皮室和溶解池等灭绝人性的恐怖手段之后，激起了英美两军全体官兵对纳粹党卫队的刻骨憎恨，艾森豪威尔十分厌恶这一切的罪魁祸首海因里希·希姆莱，派人明确向海因里希·希姆莱的人表示：除非无条件投降，否则，一切都不必再谈。海因里希·希姆莱的代表只得悻悻而归，但是没料到，英国方面

希特勒四大爪牙·海因里希

将这次的事情捅给了媒体圈，海因里希·希姆莱私下打算出卖希特勒寻求英美庇护的消息第二天就登上了英美苏德四国报纸，让原本已经风雨飘摇的纳粹德国上上下下丢尽了脸面，尤其在一向被灌输忠于纳粹和元首思想、唯海因里希·希姆莱和希特勒的命令是听的党卫军内部更是引起了一片哗然。

被这个消息气得七窍生烟的希特勒，不顾自己已经被苏军围困在总理府地下室里。在4月29日仍然亲手签发电报，命令党卫军将领即刻以元首的名义解除海因里希·希姆莱的一切职务并逮捕他。但是此时通讯管制已经十分混乱，这条命令没有能够成功传到。不过，即使命令发到，早就带着亲信躲到柏林外围"牵制苏军"的海因里希·希姆莱及其随从部队恐怕也很难会执行这条命令了。

在柏林，苏军的炮火越来越近。希特勒感到了柏林的失陷已经无可避免，出于偏执的自尊心，他再一次拒绝了身边的柏林守备司令魏德林将军集结残余部队保护自己撤离首都的劝谏，只是默许身边的将领和随从以各种名义和借口撤离或脱离地下掩体自寻出路，并命令自己的秘书记录自己的遗言。

在遗嘱中，他再次提及将赫尔曼·戈林和海因里希·希姆莱这两位曾经的帝国红人开除党籍并解除一切职务的命令。这两个分别代表德国空军和纳粹党卫军高官的解职，也带走了他们所属部队在希特勒心目中的地位。而来自陆军的刺杀使希特勒不再信任任何一位陆军将领，他最终将一直以来比较沉默低调，但安守本分的海军元帅卡尔·邓尼茨立为了自己的继承人，命令由他担任新政府的全权负责人。之后，在4月30日的早晨，希特勒和自己成婚仅一天的妻子爱娃·布劳恩双双自杀。这一事件，标志着纳粹政府就此正式灭亡。

第九章

恶魔的结局

投降·柏林

　　尽管希特勒死了,然而,忠心于他的党卫军残部却仍然固守在市区的各个重要地带。苏军进入柏林之后每推进一步都要付出很大的力量,尤其是在进攻德国国会大厦的时候,大厦内部以党卫军诺尔兰德师为主的守军,依托各种临时工事和走廊、楼梯、墙壁,架起机枪和助推式榴弹进行疯狂抵抗。苏军多次劝降无果,只能逐层进行清剿。在最初的阶段,由于人数多达两千多人的党卫军在整个大厦内布防严密,堆放的沙包胸墙有效地形成了掩体,让苏军进入大楼的少数步兵损失严重。但随着增援部队的赶到,在交替掩护下,工兵和掷弹兵利用炸弹和榴弹击毁了数个火力点,使纵横交叉的火力监控范围出现了死角,继而将其他的火力点一个个拔除。许多的楼梯走廊都被炸塌,双方士兵也有不少坠落伤亡,但是无论上下层的党卫军部队无一肯放弃抵抗,苏军方面也分毫不让。虽然 4 月 30 日晚上顶楼已经被攻占,苏军胜利旗也插到了国会大厦的楼前,但清剿残敌的工作一直进行到 5 月 1 日晚上才最终完成。至此,纳粹的权力机构除总理府之外已经全部被控制。

　　由于战况激烈,在 4 月 29 日的时候大部分涉及交战区的市内通讯已经中断,许多命令都需要口头传达。在 4 月 30 日晚上,根据希特勒的遗命,他们夫妻二人的尸体被火化。留在地下室掩体中的德方高级人员经过短暂

希特勒四大爪牙·海因里希

的商讨,在卫戍司令魏德林将军等人的授意下安排了人手通知各条战线上的德军停止开火。并向苏军发布了广播要求暂时停战进行谈判,经过考虑,苏军方面同意了这个请求。当晚,城市里几处主要交战区域的炮火和枪声终于基本停止了下来。只有还在崩塌的住宅、工厂与电线杆、战车残骸燃烧的声音不时在街道上回响,这种平静之下有着难以掩饰的不安,无论是德国人还是苏联人都不知道接下来还会发生什么。尽管在苏军另一分部和美军的协同牵制下,德军唯一还拥有战斗力的两支支援部队已经被远远隔在了柏林之外,柏林的制空权和火力优势已经完全落在了苏军手中。但是如果城内的全体德军进行自杀式的反扑,苏军和城里的平民难免要遭受很大的伤亡。

不过,这一切担忧其实都已经是多余的了。5月1日早上4点,德国陆军总参谋长克莱伯斯携带一面白旗走出掩体,在苏军士兵的带领下来到苏军的近卫第八集团军前线指挥所,向司令崔可夫将军透露了希特勒已经自杀的消息,并提出希望苏军停战,等待德国组成合法政府后再行探讨投降事宜。但崔可夫随即就从斯大林的电话中转述了让克莱伯斯为之心凉的表态:克莱伯斯和一切法西斯分子都没有谈判资格,只允许所有在柏林的德军无条件投降。

德国最后的希望已经破灭。5月1日上午9时,苏军统帅朱可夫向德军发布最后通牒,要求全体德军必须无条件投降,否则将发动全面进攻。克莱伯斯将这份通告带回了总理府,原纳粹宣传部长、后在希特勒遗嘱中已任命为邓尼茨政府总理的戈培尔知道谈判无望,带着妻子和孩子们服毒自杀。情势如此,再僵持下去也只是徒劳。5月2日,柏林卫戍司令魏德林将军来到苏军指挥所,正式签署了投降令。之后,德国军事机构和苏军共同向德军剩余的守卫部队下令停火投降,柏林城内的15万残余部队至此终于全部放下武器退出战斗,纳粹帝国从此成为了历史。但是,此时的反法西斯同盟还不敢掉以轻心。因为德国内外还存在着总数高达数百万拥有战斗能力的德军,希特勒虽然已经死了,但是纳粹德国的统治系统却以基本完好的状态移交给了以邓尼茨为首的新任领导集团。德国新政府对战争、希特勒和纳粹党的态度究竟如何,已经成为了各方关注的最重要的一件事情,这其中,自然也包括了急于寻找一个靠山的海因里希·希姆莱。

希特勒的死,对于海因里希·希姆莱来说是一个令他既庆幸又遗憾、甚至还有些难过的消息。多年以来,这两个狼狈为奸的人从最初的志同道合到后来在事业和地位上的相互需要,虽然友谊随着身份的转换已经在上下级之间严格的从属关系中发生了变质,但是受到希特勒重用和扶持的交情始终还是存在的。另一方面,希特勒之死也为海因里希·希姆莱带来了另外一个棘手的问题,那就是他眼下在德国政坛的身份。

希特勒不仅仅是第三帝国的代表,也是雄踞德国政坛一时的纳粹党的化身,而海因里希·希姆莱的身份尽管一直都维持在跨越党政军三大区间的权势人物,然而实际从属上来讲却只是由纳粹党内的地位和希特勒的信任为他带来了这一切,而并不是他凭借自己的能力得来的。在原纳粹德国政府系统中担任内政部长时期,他就已经认识到自己在政界的根基其实十分薄弱,但在希特勒庇护和重用下,这一点可能带来的后果逐渐被他所忽略。而在党团内部,他们两个人的性质更是相辅相成的,海因里希·希姆莱负责的只是组织和控制,而实际起到引领和吸引人们加入其中作用的是希特勒;在国家事务上,更是需要身为元首的希特勒提供支持和渠道才能使海因里希·希姆莱涉足军政方面的事情。希特勒死了,纳粹党和党卫军首要效忠和保卫的对象也不复存在了,而空有全党第二号人物和党卫军缔造者身份的海因里希·希姆莱却尴尬地发现自己既没有接替他继续带领整个纳粹党行动的气魄和号召力,也没有希特勒相对于国家正式行政机构的合法身份。因为他已经因为私下里叛变媾和盟军的行为已经被希特勒废除了一切党政职务并取消了继承人资格。而取代自己的人,偏偏还是那个和党卫军关系一直十分冷淡的海军元帅——卡尔·邓尼茨。

虽然没有私怨,但是对海因里希·希姆莱来说,也许是少年时代参选海军士兵失败的阴影作祟,他对海军始终没有好印象。希特勒交权于这个人的做法比起不顾旧情取缔他一切权力的行为更让他感到懊恼和不快。即便是纳粹德国最为鼎盛的时期,他也没有和邓尼茨有所深交过,因为他和希特勒这类旧时代军人一样,在心中始终都将大陆军主义作为"正统"来看待,加上当年海军未能招收他的私人原因,海因里希·希姆莱始终都将注意力放在陆军和相对来说更具有发展潜力的空军集团身上,谁也没有想到,最后一直远离元首"心腹圈"的邓尼茨反倒成为了国家的新主人。

海因里希·希姆莱认为自己还是必须亲自去了解邓尼茨对于自己和党卫军的看法,这将关系到自己未来的处境,因为无论作为新任国家总统的邓尼茨对于反法西斯同盟的态度是投降还是继续抵抗,如果他下令取消党卫队以前享有的一切特权和地位,海因里希·希姆莱和他手中沾满敌人、同胞和无辜平民鲜血的党卫军残部都无疑将成为德国政府和反法西斯同盟的众矢之的,后者更是因为他们在集中营与民间制造的杀戮而对这支罪恶的力量恨之入骨。

一想到可能会陷入与当初自己策划的、将希特勒出卖给西方并由其单独承担所有战争罪行责任那样的境地,以及反法西斯同盟军民长久以来积蓄的、急待发泄的仇恨与怒火,海因里希·希姆莱就感到不寒而栗,他绝不希望自己成为牺牲品。为了保护自己,靠山这种东西,是绝对不可缺少的。衡量再三,他决定,无论如何,要让自己在邓尼茨的新政府里得到一个位置。

　　尽管希特勒最后已经宣布解除了海因里希·希姆莱的一切权力，不过凭借多年对党卫军的积威，在他带走的部队中仍然保有一批数量可观的、效忠于他的队伍。然而，这些人在另一方面却也成为了一大危险。由于苏军与美军正在德国境内扩大战果，攻占全境也只是时间问题而已。和目标如此明显的一大批人马混在一起，很有可能成为美苏两军轰炸机的攻击目标。与其丧于盟军之手，不如作为见面礼交给邓尼茨来换取自己在新政府的地位来的划算。海因里希·希姆莱认为，鉴于邓尼茨一直以来对盟军作战的强硬态度，他应该不会在这么需要力量的时候拒绝一支送上门来的现成军队，即便内心确实不愿意，邓尼茨也必须考虑身为一介海军将领拒绝党卫军投效对其他军种的残部造成的心理影响。

　　长期以来，德军各个兵种之间因为荣誉和发挥作用比重的问题一直存在着芥蒂。尤其是空军出身的戈林和陆军出身的希特勒担任上届政府的首脑人物之后，海军的地位就一直相对不太显著。这种思想在现在海军将领成为政府首脑之后，难免会让残存的陆军和空军人士产生受排挤和打击报复的顾虑。如此看来，即便是为了消除这种猜忌，邓尼茨这一次也很难拒绝自己的投靠。

　　按照海因里希·希姆莱的想法，如果能够在邓尼茨的领导班子中占据一席之地，自己可以借机重整纳粹分子，重新打造一个名为"民族集中党"的党团。将纳粹党的核心思想和骨干分子以另外一种比较低调的方式保留下来，一方面能继承原纳粹党的系统和组织使之继续在党卫军中发挥作用，一方面也能巩固自己在新政府中的地位。主意打定，海因里希·希姆莱原本有些不自信的心中又燃起了希望，他命令部队分散隐蔽在几个区域。带上了几名党卫军军官秘密前往邓尼茨位于福伦斯堡的新政府。

希特勒四大爪牙·海因里希

谄媚求职

福伦斯堡的地理位置邻近丹麦,是德国最北端的城市之一,距离丹麦仅有几十公里的路程。也是邓尼茨的海军指挥部所在的地方,当柏林被攻陷之后,邓尼茨也是在这里接到传递希特勒遗嘱的特使关于成为新任元首命令的。此时,反法西斯同盟的军队还忙于在柏林进行管区的划分与处理投降的德国士兵,让远在北地的邓尼茨等人暂时获得了喘息的机会,但是他们知道,这只是暂时的。在盟军获得新的德国政府全面投降之前,他们的攻势是不会停止下来的。对于这种情况,想要负隅顽抗是很难实现的了,邓尼茨只能寄望于选择一个对于德国来说损害更小一些的对手来递交投降书。就在这个时候,邓尼茨得知了海因里希·希姆莱将要前来拜访的消息。

虽然一直以来在政见和为人理念以及性格上都可以用截然相反来形容,但邓尼茨听到这件事之后却与海因里希·希姆莱在来到这里的路上时产生的心情十分相似,那就是猜疑和畏惧。要知道,多年来,海因里希·希姆莱的党卫军在他本人和更加心狠手辣精明强干的手下莱因哈特·海德里希操控下,对党国内外、民间官方、上上下下的反希特勒或反党卫军人士进行了无数不弱于对待犹太人的残酷镇压。尤其是在 7·20 事件时期,海因里希·希姆莱搜捕了大批军官及其家属,德国的几条街道几乎为之一空。加上他仍然掌握着忠于纳粹党和希特勒的一批党卫军部队,这次登门难保不是得到了自己准备向占领军投降的消息，而准备用"违反元首不许投降训令"的名义发动抢班夺权之前的试探。为防万一，在石勒苏益格·荷尔斯泰因海军学校会面当天，邓尼茨事先安排人手守卫在办公室四周，还觉得不放心，又拿了一把半自动手枪藏在桌子上散放的文件下面，才请海因里希·希姆莱进入办公室就坐。

出乎意料的是，海因里希·希姆莱并没有带多少人手，见面后表现得也十分谦恭和自然，完全没有以往身居高位时那种疏慢的感觉，反而显得有些刻意殷勤，这让邓尼茨对自己之前如临大敌的行为多少感到有些尴尬。在简单寒暄之后，邓尼茨仍然没有搞清楚他此行的目的究竟是什么，就在这时，海因里希·希姆莱的话锋一转，谈到了希特勒在自杀前对于党卫军的态度和将自己解职的事情。这让邓尼茨的警惕性马上提升了起来，为了不刺激到海因里希·希姆莱，他没有多说什么，只是十分含混地表示，这件事情只是元首当时个人的情绪不佳所致，到了现在（希特勒去世），已经不必再过分在意了。海因里希·希姆莱听到这话之后，神情看起来却像是如释重负一样，他站了起来，以十分恭敬的态度对邓尼茨说："我以生命起誓，只要您愿意的话，我可以在您的政府里担当二号人物，并将会和代表荣誉的党卫军一起把您的事业当做元首（希特勒）的事业一样维护下去。"

直到此时，邓尼茨才明白，平时不可一世的海因里希·希姆莱这一次如此卑躬屈膝地跑到自己这里来打得是什么算盘。不过恍然大悟之后，一种深刻的鄙夷和厌恶之感马上就从他的心里浮现了出来。和海因里希·希姆莱以及纳粹党卫军不同，邓尼茨虽然拥护纳粹党，但在思想上相对来说更倾向于典型的传统军人。在他心中一直认为自己所效忠的最终对象是国家和政府，纳粹党只是和他有着同样理念的存在，而即便是对同时作为纳粹党和国家最高领袖的希特勒本人，邓尼茨的印象也远远要好于眼前这个只

希特勒四大爪牙·海因里希

会依靠权谋与那些阴暗、令人不齿的手段上位的家伙，希特勒对于海因里希·希姆莱的感情很深，他可没有。而最让他感到不可思议的是，海因里希·希姆莱之前已经因为私下向盟军求和的行为而被希特勒所厌弃，今天居然还能厚颜无耻地跑来宣称将要"像对待希特勒一样地效忠"自己。

出于内心的厌烦，邓尼茨很坦率地表示："我代表内阁感谢您的热情，但请务必原谅我无法接受这个建议，我不希望在政府里有政治上不清白的人。"这句话等于是拒绝了海因里希·希姆莱继续将纳粹的那套统治和宣传手段带入到新政府当中来。这让后者感到又急又气，他深知，眼下除了自己手中数量有限的人手之外，另一样可以拿得出手的筹码就是自己对于党卫军这个组织的支配和影响力。但邓尼茨对于党卫军存在价值的否定，却让这点资本一下子没了意义。不甘心就此失败，海因里希·希姆莱又继续对邓尼茨进行了游说，强调"在这个危难的时期对维护德意志团结的重要意义"，并阐述元首的号召力背后由纳粹党所做出的贡献，暗示可以为邓尼茨取得同样的威望，希望能引起他的兴趣，结果，这些努力都没有取得成效。邓尼茨是一个非常务实的人，纳粹党在希特勒死后的意义已经相对贬值，而海因里希·希姆莱执掌的纳粹党卫军所可能为新政府和自己的地位带来的威胁却显而易见。因此，海因里希·希姆莱越是对他述说这些，越是让他感到厌恶至极。但是出于避免因为内讧而迫使海因里希·希姆莱做出狗急跳墙的行为，他勉强同意了让海因里希·希姆莱回归政府，除了原本的情报和治安工作之外，暂时担任帝国内政部长的职务，但从此，他与纳粹党之间再没有任何关系。

5 月 5 日，包括海因里希·希姆莱在内的内阁人员都已经到齐，邓尼茨召集了他们，商讨之后应对盟军和苏军的行动方案。由于德国侵略的所有国家中，法国由于过早投降，没有在德军的进一步军事行动中造成过于严重的平民伤亡,英国也只有临近英吉利海峡的地区受到过来自德国的进攻而没有受到德军登陆本土的侵害,美国干脆就是后期才加入到战争当中来的,由德国所引起的最严重损失基本都在海洋运输上,但只有对苏联以及东欧国家造成的伤害与破坏是最为严重的。当时德国被反法西斯联盟军队分割为南北两部分,在苏联包含着众多东欧诸国兵员的大军冲入德国内陆的情况下,新政府的领导层普遍担心会受到苏军的直接报复,因此,尽量向仇恨并没有那么深刻的英法投降,不让处置的主动权落到苏联人手里就成了眼下最重要的事情。

在这次会议上,海因里希·希姆莱主动提议,称目前在丹麦和挪威的德军为数不少,是一支相对来说不能小看的力量,可以在向西线盟军尤其是英国人投降后请求以他们作为班底复制"一战"后《凡尔赛和约》式"保留基础国防力量",使德国的残余军力不至于全部被苏联人解除武装。并提出,要让自己的一名办事官员作为谈判代表前往洽谈这件事情。邓尼茨批准了这个计划,为了达到这个目的,他在 6 日当天先电令代表前去向西线盟军方面签署投降文书。而在柏林方面则拖到 7 日,等待新政府正式成立之后,才以"福伦斯堡政府"名义向苏军投降。但是这点小把戏没能瞒过苏军后方领导人斯大林的眼睛,他得到消息之后,立刻通过前线代表向英国和盟军方面提出了反对邓尼茨政府这一举动的声明,直言揭穿了他挑拨反法西斯同盟之间关系的行为。

原本,英国首相丘吉尔考虑到战后德国如果被先行攻克柏林的苏军控制的份额过多,会使欧洲的战略天平在未来进一步倒向拥有庞大土地和资源的苏联。而作为"二战"前英国海上霸权最主要的挑战者,美国的海上实力与工业生产能力经过太平洋战争的锻炼已经大大增强了。英法即便能够快速恢复国力,也必将落于新近崛起的美苏两国之后。因此已经打定主意

希特勒四大爪牙·海因里希

要承认福伦斯堡政府为德国合法政府，以便设法将德国重新拉入到英法的阵营当中，以团结欧洲最有话语权国家的方式与美苏实现三角平衡，而这也正是美国和苏联所不愿意见到的事情，因此，在这件事的立场上美苏两国一拍即合，否定了德国新政府投降文书的意义。至此，丘吉尔也无话可说，时任欧洲盟军总指挥的艾森豪威尔在 5 月 7 日当天命代表告知邓尼茨派出的谈判人，只能接受无条件投降。最终，这场最后的密谋也宣告流产了。但海因里希·希姆莱没有机会见到这一切了。在 5 月 6 日的晚上，他接收到了生平最后一份官方任命书。由于海因里希·希姆莱在东线大肆建造集中营和屠杀镇压抵抗者的暴虐行径以及多年来负责组织纳粹党卫队的身份，盟军和苏军两方面将之视为重点战犯，对于海因里希·希姆莱的责任追究和逮捕都志在必得。为了避免有意庇护的嫌疑，在向反法西斯同盟全面无条件投降之前，邓尼茨代表内阁将他解除了包括内务部长和情报及治安管理机构负责人等一切现有职务。但也许是出于兔死狐悲的心态，他没有进一步落井下石去逮捕海因里希·希姆莱，而是将他放走了。

恶魔之死

　　事情发展到现在，眼见寄予厚望的纳粹党最终复兴无望，又丢失了自身已经风雨飘摇的德国政府的庇护，"辛辛苦苦"几十年来所得到的地位与一切利益一夜之间都化为了乌有，海因里希·希姆莱终于彻底地绝望了。

　　他深知，如果落在盟军或苏军手中，那么迎接自己的下场绝对不会是痛快地枪毙了事，而是将要在法庭上历数他所有的罪行之后在公开场合处以充满了惩罚和羞辱意味的绞刑，这是他一直以来最为惧怕的事情。然而最令海因里希·希姆莱感到恐惧、同时也是感到异常荒谬的是，自己明明还活着，但是却只能眼睁睁地看着这个几乎已经是被注定了的结局一步步接近而无力阻止。

　　童年时代，大病之中，身体的不适往往会让他在夜晚经历噩梦的袭扰，但是睁开眼睛之后，一切都烟消云散了。而现在，他比任何人都希望自己所经历的一切都是一场荣华富贵位高权重之后跌落命运深渊的噩梦，只要在到达最后粉身碎骨的瞬间之前醒来，就恢复到平凡而安稳的人生中。只可惜，飘荡在德国上空的硝烟与盟军的怒火无时不刻不再告诉海因里希·希姆莱，他的末日，来了。

　　在死亡脚步的近逼下，海因里希·希姆莱拿出了异乎寻常、堪称令人刮目相看的果断和迅速，在被解职的次日，他就已经收拾停当，携带着一些早已准备好的美元、英镑和其他细软财物,带着自己的秘书等少数几个亲信逃离了邓尼茨政府所在的福伦斯堡,穿着一身交通警察的旧制服,与其他几个同样改扮成不同模样的人仓皇逃向最近的口岸,希望能在邓尼茨宣布投降,政府被盟军或苏军接管之前尽快逃到欧洲以外、敏感性较低的地方去。

在当时,因为战争缘故而仍然混乱一片的亚洲地区和有大量因为政治原因比较亲近纳粹的政权存在的南美地区,有不少纳粹分子流亡隐居,这些地方也是盟军搜查的盲区。在他的计划里,只要抵达这些地方,或者隐姓埋名,或者申请政治避难,无论哪种办法都有很大活下去的希望。等到风头过去,再想办法接走留在德国的家人。

因为在德国政府和纳粹党内较高的地位和经常出头露面,认识自己的人较多,于是,海因里希·希姆莱为了避免盟军方面用画图追查自己,不仅通过化妆改头换面、使用别人的护照,还用眼罩将自己伪装成了独眼人。起初,他的逃亡还算顺利,但是到了5月21日,一行人通过不莱梅港的时候,检查站的英国士兵发现他的证件过于崭新,和上面标注的发放年代明显不符,对这几个眼神畏缩的人产生了怀疑,将他们扣留了下来。僵持了两天后,知道逃脱无望的海因里希·希姆莱表明了身份,希望见到蒙哥马利元帅,但要求被拒绝了,海因里希·希姆莱也因此而变得更加颓唐了,英国军人借给了已经丢掉便服外套的他一件英军制服御寒,心灰意冷的海因里希·希姆莱没有接受。

捉到了海因里希·希姆莱的消息很快传到了上层,盟军情报部门负责人麦克尔·莫菲上校命令士兵们将海因里希·希姆莱等人押往了第二军团总部。为了保险起见,士兵们检查了他随身的衣物,搜到了他身上的一瓶毒药。此时,海因里希·希姆莱表现得还算是平静,但是莫菲上校仍然感到很不放心,怕他还有毒药藏在身上没有取出,就派军医为他检查。他的神态开始变得有些紧张了,当医生查看他的口腔时,果然看到了夹藏在牙边的一颗毒药胶囊,但是没有等医生动手取出,海因里希·希姆莱突然激动起来,把头偏向一边甩开了医生的手,咬破了含在嘴里的胶囊。

在场的军医和士兵连忙制止,但是为时已晚,里面剧毒的氰化物很快就产生了效果,海因里希·希姆莱闭着眼睛在地上抽搐了一会儿,当场死亡。一代杀人魔王,最终以这种方式结束了自己罪恶的一生。

希特勒四大爪牙·海因里希

海因里希生平大事年表

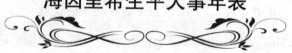

　　1900 年 10 月 7 日，出生于德意志帝国巴伐利亚王国的首都慕尼黑希尔德加街 2 号 3 楼。

　　1900 年 10 月 11 日，海因里希·冯·维尔特斯巴赫亲王将之认为教子，得名海因里希·鲁伊特伯德·希姆莱。

　　1910 年 9 月，海因里希·希姆莱进入慕尼黑威廉文理中学（Wilhelms-gymnasium München）就读。1913 年，随父亲调职而转校到慕尼黑东北兰茨胡特学校。

　　1915 年，与大哥戈培哈特一起加入了青少年军（Jugendwehr），参加军事游行并进行纪律训练。

　　1918 年，海因里希·希姆莱加入陆军，编入巴伐利亚第 11 步兵团"森林团"，于里根斯堡接受 6 个月的步兵训练。

　　1918 年 6 月 15 日至 9 月 15 日期间接受预备士官训练。9 月 15 日至

10月1日期间于拜罗伊特的第17机枪班训练,完成后被编入第11步兵团补充营4连。

1918年10月29日至11月3日,德国基尔港水兵起义。11月9日,威廉二世被迫退位,德意志帝国灭亡。11日,德国对外宣布投降,第一次世界大战结束,海因里希·希姆莱退役。

1919年4月,慕尼黑工人和共产党成立巴伐利亚苏维埃共和国,政府军与右翼势力对其进行武装镇压,海因里希·希姆莱加入右翼团体"自由军团"。

1919年3月,于慕尼黑北方的因戈尔施塔特一家农场担任劳工,同年患斑疹伤寒,痊愈后,于10月18日考进了慕尼黑工业大学,成为一名农技专业学生。

1919年11月9日,海因里希·希姆莱加入大学学生俱乐部的学生决斗团体(RVSV)。12月,加入巴伐利亚人民党(Bayerische Volkspartei)。

1920年5月加入慕尼黑市民自卫军,从魏玛共和国的第21步枪团联队接收了枪支与钢盔,结识武器管理人恩斯特·罗姆。

1922年8月1日,海因里希·希姆莱毕业,8月5日,考取农艺师文凭,并在奥伯施莱斯海姆(OberschleiBheim)找到实验室助理的工作。

1923年5月，退出巴伐利亚人民党。8月，辞掉工作，返回慕尼黑，加入了国粹主义的组织—阿塔曼纳(Artamanen)。

1923年8月，海因里希·希姆莱正式加入纳粹党，党证编号14303。9月加入冲锋队。

1923年11月9日，纳粹党及拥护者发动啤酒馆政变失败，首领阿道夫·希特勒被捕。海因里希·希姆莱转而加入了埃里希·鲁登道夫创立的伪装政党—国家社会主义自由党(Nationalsozialistische Freiheitspartei, NSFP)。在纳粹党左派的格里哥·史特拉塞身边担任秘书一职。1924年12月，海因里希·希姆莱被任命为巴伐利亚–上普法尔茨省党部副书记。

1924年12月，希特勒获释，重建纳粹党，海因里希·希姆莱与史特拉塞一同回到纳粹党内。1926年被任命为纳粹党全国宣传工作副领导人，1927年被任命为党卫队全国副领袖。

1925年，党卫队(Schutzstaffel)成立，海因里希·希姆莱加入党卫队。

1928年7月3日，与玛佳莉特·玻登结婚。

1929年，与玛佳莉特·玻登结分居，成为了第4位党卫队全国领袖。

1930年11月，以党卫队名义吸收莱因哈特·特里斯坦·欧根·海德里希。

1933 年 3 月，纳粹党上台执政，海因里希·希姆莱担任慕尼黑警察局长。于 3 月 20 日设立了达豪集中营。

1934 年 6 月 30 日，处决罗姆等冲锋队领袖及部分党内异见和威胁人士，史称"长刀之夜"。

1939 年 8 月，策划"希姆莱行动"栽赃波兰，为德军闪击波兰提供借口。同年开始处决波兰的犹太人。

1941 年，巴巴罗萨计划启动，党卫队的别动队跟随德国国防军进攻，将所到之地的犹太人全部抓获，大量屠杀。8 月，开始改建集中营为灭绝营。

1942 年 1 月 20 日，万湖会议，落实了有系统的杀害犹太人并解决犹太人问题最终解决方案。

1944 年 7 月 20 日，德国陆军上校克劳斯·冯·施道芬堡于德国在东普鲁士拉斯滕堡的"狼穴"基地引爆提包炸弹袭击希特勒未遂。海因里希·希姆莱派盖世太保捕捉全部密谋人员，并当场处死施道芬堡等 8 人。

1944 年 12 月 10 日，海因里希·希姆莱担任上莱茵集团军群司令官，在阿登反攻中率军战败溃退。1945 年 1 月 25 日，被任命为维斯瓦河集团军群司令，因不懂战术指挥，阻击苏军失利。武装党卫队第 6 装甲军在巴拉顿湖被击败，党卫旗队擅自脱离战场，海因里希·希姆莱被迫交出指挥权，由哥特哈德·海因里希代替指挥。

希特勒四大爪牙·海因里希

　　1945 年春，海因里希·希姆莱派出私人代表斐力克斯·克斯坦和瓦尔特·施伦堡联络英美盟军乞求单独媾和失败并被英国泄露该行为，被希特勒解除全部职务并命令逮捕，但该命令未能被执行。

　　1945 年 4 月，海因里希·希姆莱赶赴石勒苏益格·荷尔斯泰因海军学校投奔帝国新任总统邓尼茨，被收留担任帝国内务部长一职。5 月 6 日被解职。

　　1945 年 5 月 21 日，在化妆潜逃至不莱梅港时与随从被英军士兵扣留，后自陈身份。5 月 23 日晚，在盟军医生检查身体时咬破毒药胶囊自杀身亡。